印江大印象

刘照进 王翔 ◎ 主编

陕西新华出版传媒集团
太白文艺出版社·西安

图书在版编目（CIP）数据

　　印江大印象 / 刘照进，王翔编. -- 2版. -- 西安：太白文艺出版社，2017.9（2023.2重印）
　　ISBN 978-7-5513-1248-6

　　Ⅰ.①印… Ⅱ.①刘… ②王… Ⅲ.①散文集－中国－当代 Ⅳ.①I267

中国版本图书馆CIP数据核字(2017)第185366号

印江大印象
YINJIANG DA YINXIANG

作　　者	刘照进　王　翔
责任编辑	刘　涛　林　兰
整体设计	前程设计
出版发行	陕西新华出版传媒集团 太 白 文 艺 出 版 社
经　　销	新华书店
印　　刷	三河市嵩川印刷有限公司
开　　本	787mm×1092mm　1/16
字　　数	150千字
印　　张	11.5
版　　次	2016年6月第1版 2017年9月第2版
印　　次	2023年2月第2次印刷
书　　号	ISBN 978-7-5513-1248-6
定　　价	35.00元

版权所有　翻印必究
如有印装质量问题，可寄出版社印制部调换
联系电话：029-81206800
出版社地址：西安市曲江新区登高路1388号（邮编：710061）
营销中心电话：029-87277748　029-87217872

《印江大印象》编委会

顾　问:田　艳　张浩然　王朝文　何圣仙
主　任:吴国才
副主任:代忠义　杨　玲　张　莉　任达志
成　员:代志华　谢守文　杨秀明　黄光雯　黄继生　王　翔
　　　　代传娥　陈晓华　(排名不分先后)

主　编:刘照进　王　翔

目录 CONTENTS

1	贺捷生 / 木黄,木黄,木色苍黄
18	聂鑫森 / 壮美的印江
21	邱华栋 / 印江大印象
31	乔　叶 / 印江之印
42	鲁　敏 / 感官五重奏
49	沈　念 / 梵净山时光
55	孙春平 / 谁留一匾誉千秋
63	唐　涓 / 印江的另一种植物
69	赵　瑜 / 印江三札
79	黄金明 / 印江的美好时光
99	付秀莹 / 青山不碍白云飞
107	吴恩泽 / 梵净山——一个人心中的光
118	曹军庆 / 回望梵净山能看见什么
123	修　白 / 印江·梵净山

135	周瑄璞／感悟梵净山
142	习　习／白皮纸·罐罐茶
147	江　飞／朝圣无言之美
157	完班代摆／红色木黄
161	陈丹玲／印江城的老时光
168	安元奎／穿过白皮纸的河

木黄,木黄,木色苍黄

贺捷生

站在那棵遗世独立的大柏树下,我抬起头往上看:两根硕大的树干并驾齐驱,直直地插向空中。到达十几米处,它们像突然意识到了什么,彼此亲热地向对方靠上来,紧紧地拥抱在一起,如同两个失散已久的兄弟。再往上看,是茂密的蓬蓬勃勃的枝叶,根本分不清树枝和树叶是从哪根枝干上长出来的,一群群鸟儿在枝叶间飞进飞出,发出叽叽喳喳欢快的叫声。在墨绿的树冠上面,天空高邈、湛蓝、一望无际,飘浮着一朵朵轻盈而素净的白云,仿若盛开在天空的一簇簇白玉兰。接下来,往云朵里看,我便看见了那支不倦的在天上行走的队伍,他们衣着破烂,脚蹬草鞋,身影若隐若现,几乎听得见他们甩动手臂的声音,枪托叮叮当当敲击水壶的声音,弹袋里可数的几颗子弹在哗啦哗啦晃动中被磨得金光闪闪的声音。

眼睛一阵灼烫,我知道我在流泪。那是我总也止不住的泪。

到1975年9月13日的此时此刻,我已经走了很长的一段路,我从江汉平原、四川盆地往云贵高原走。不是一个人,而是三个人。我们从夏天启程,沿着红军长征的道路顺走一段,逆走一程。先去了湖北洪湖,然后翻过二郎山,从雅安进入阿坝;再从青草长得比人还高的大草地辗转身子,顺岷江而下,跨过大渡河、金沙江和乌江,沿阶梯般步步登高的山脉进入云遮雾罩的乌蒙山。走到贵州的时候,已是秋风浩荡,眼看就要万木霜天了。进了贵州省城贵阳,几个人累得东倒西歪,人困马乏,都想躺下来美美地睡一觉。

我是三人中唯一的女性,当然更累,两条腿沉得像深陷在沼泽里。可我不想停下来,还想继续走,往黔东的印江、沿河和四川的酉阳走。我对我的两个中国革命历史博物馆的同事万钢和何春芳说,你们在贵阳歇几天吧,剩下的几个地方我一个人去。我没有说出的另一句话是,黔东那片偏僻而蛮荒的土地,于公于私,都是我不敢遗忘的地方。我发誓此生必须亲自去寻访,就像有什么东西丢在了那里。

离开同事,我直奔省府找李葆华。他是革命先驱李大钊的儿子,在贵州当省委书记,说起来,我们是心照不宣的老熟人和老朋友了,到了贵州没有理由不见他,何况我还有事要求他。但那一年,跟着小平同志出来"促生产"的这批老干部,被那批热衷于"抓革命"的人揪住不放,日子很不好过。听说北京来人要见他,正在开会的李葆华一脸疑惑地走出来。我像在黑暗中找到了党,开门见山,提出请他从省博物馆派个同志陪我去黔东。他说这事他还能办到。当时正是午餐时间,会开得差不多了,他回去简单做了交代,然后对我说:"捷生,你来得真不是时候,我没法招待你,跟我去吃食堂吧。"省博物馆派来陪我的谭用忠同志,是个党史专家,学问很深,对黔东革命史了如指掌。他建议我先去印江,因为印江的木黄非去不可,那地方太重要了。这与我的想法不谋而合,我说我最想去的就是木黄。

那时我虽然还年轻,但也经不起折腾,当我们沿着惊涛拍岸的乌江舟车劳顿地走到木黄这棵千年古柏下时,我已是脸色枯黄,头发蓬乱,身上的衣服皱皱巴巴的了。从附近挑着担子走过的土家族人和苗人,都用惊奇的目光望着我,不知道一个外乡人为什么会对着一棵树流泪。

肯定是李葆华的特别叮嘱,印江派出一个副县长接待并陪同我寻访，不过那时叫"革委会副主任"。副县长和我一样，也是个女同志，叫张朝仙，是很朴素也很泼辣的一个人。许多年后，她以县政协文史委员的名义在县里局域网上撰文回忆，她在印江县招待所第一眼看见我，都不敢相信我是贺龙的女儿，"像一个女知青"，她说。

木黄是因为那棵千年古柏而闻名，还是那棵千年古柏因为见证过那段轰轰烈烈的历史而闻名，没有人能说得清。反正当我寻遍那几条简陋的街道，最后站在那棵古柏下时，我发现木黄唯一能作为那段历史和我面对面的，也就剩下这棵树了。

这让我无语而泣，悲从中来。

当看着漫山遍野又要飘落的落叶，我们怎么能忘记木黄呢？党史和军史都应该记载的中国工农红军第二、六军团木黄会师，迄今都过去41年了，新中国也建立26年了。

我想，我们可以不知道历史的每个细节，但应该知道在红军的三大主力中，有一个红二方面军。而红二方面军的源头，就是1934年10月，从湘西发展壮大的红二军团与从湘赣边界跋涉而来的红六军团，在贵州印江的这个叫木黄的小镇上胜利会合。两支劲旅从此合二为一，生死与共，开始了让世人称奇的全新征程。

红二、六军团的会师地点，就在木黄的这棵大柏树下。

许多红二方面军的老同志回忆，41年前，就是在这样一个木色苍黄的秋日，父亲贺龙亲自带着红三军（原红二军团）主力，站在木黄的这棵树下焦急地等待任弼时、萧克和王震，等待他们带领的那支远道而来的筚路蓝缕的队伍。

这是1934年10月24日，层林尽染，弯弯曲曲的山路上白霜铺地，在黔东逶迤起伏的山岭里吹荡的风，已经像藏着刀片那般凌厉了。

9天前的10月15日，父亲在酉阳南腰界获悉由任弼时、萧克和王震带领的红六军团号称"湘西远殖队"，从江西永新出发，试图深入湘西，与我父亲的队伍会合。经过一路恶战，此时已进入黔东印江和沿河一带寻找我父亲率领的红三军,这让我父亲喜出望外,因为到这时,他在湘西拉起的这支队伍已经有整整两年与中央红军失去联系了。在这两年里,由于"围剿"的敌军蜂拥而至,夏曦又在红军内部大搞"肃反"运动,把许多忠心耿耿的指挥员和地方干部残忍地杀害了,闹得人心惶惶,军心涣散,把父亲在湘鄂西好不容易建立的根据地也给弄丢了。父亲惨淡经营,站出来收拾残局,他把我有孕在身的母亲丢在湘西的山野中苦苦挣扎,自己带着由红四军改为红三军的部队退到黔东的印江、沿河和酉阳等地,建立新的根据地。黔东一带虽属贵州军阀王家烈和川军的地盘,但因地处湘黔川三省边界,山高林密,河流纵横,敌人鞭长莫及;还有一个原因,是当地的民众也和湘西一样,多为土家族和苗族,与父亲这支在湘西土家族和苗族地区拉起的队伍有着天然的亲近感,因而逐渐被当地号称"神兵"的民族武装接纳,使这支伤痕累累的部队勉强站稳了脚跟。

那天,部队报告说抓到一个探子,但几番审问,最终弄清是个普通邮差。父亲说,既然是个邮差,就把他放了吧,把信件和汇款单还给他,让他继续送信,但必须把报纸留下来。如果没有路费,再发给他路费。就是从邮差留下的那摞报纸里,父亲看到了任弼时、萧克和王震率领的红六军团经湘南向黔东"流窜"的消息。

红六军团同样是一支苦旅。1933年10月,蒋介石调动几十万精锐部队步步为营,对江西中央苏区进行第五次"围剿",因王明推行的"左"倾路线占据上风,中央红军屡战失利。为实行战略转移,中央命令在湘赣边界作战的红六军团开始西征,挺进湘西与贺龙领导的红三军会合,策应中央红军突围。这支由任弼时任军政委员会主席、萧克任军团长、王震任政委的部队,1934年9月从湘黔边界进入贵州,立刻遭到王家烈联合三方会剿。部队原想冲破敌人的防线,西渡乌江,进军黔北,中央军委却命令他们奔向江口。10月7日拂晓,第六军团在辗转中到达石阡甘溪,准备白天休息,晚上利用夜色越过石阡、镇远进入江口。谁知敌人在甘溪设下埋伏,一场让红六军团在须臾之间损失3000指战员的惨烈战斗在此打响,军团十八师师部及五十二团指战员大部分壮烈牺牲,团长田海青阵亡,师长龙云被俘后遭杀害。军团参谋长李达引领前卫四十九团、五十一团各一部突围后,意外得知贺龙的部队在印江、沿河一带活动,毅然率部奔赴沿河地区。

在获悉红六军团主力行踪的同一天,前方传来消息,李达在突围中带出来的部队与红三军七师十六团在沿河水田坝会合。父亲兴奋不已,在第二天,也就是10月16日,率领红三军主力从酉阳进入松桃,在梵净山区纵横交错的峡谷里寻找中央红军。

在山里整整转了7天,22日,当红三军主力到达印江苗王坡时,红六军团主力已先他们一步经苗王坡向缠溪进发。看见红六军团踩过的青草还没有直起腰来,父亲一挥马鞭说,快!抄近路追赶,不能让中央红军再吃苦受累了。

22日深夜,随红六军团参谋长李达突围、先期与红三军会合的郭鹏团,率侦察连穿插到印江苗王坡,忽然听到后面传来一阵"嘀嘀嗒嗒"的军号声。仔细一听,是他极为熟悉的红六军团四十九团的号谱!郭团长欣喜若狂,命令司号员吹应答号。霎时一问一答的军号声此起彼伏,就像两股泉水在空中欢快地碰撞和交缠。号音未落,两队人马在溪谷的一块坪地上泪光闪烁地抱成一团。

23日,红六军团从印江缠溪出发,经大坳、枫香柸、官寨、慕龙,宿于印江落坳一带。红三军从印江苗王坡出发,经龙门坳、团龙、坪所,宿于芙蓉坝、锅厂、金厂。从地图上我们就能看清楚,两支部队其实是向一个中心靠拢,这个中心就是木黄。

24日中午,按照事先约定,任弼时、萧克、王震率红六军团主力经落坳、三甲抵达木黄。父亲贺龙、关向应和先期到达的红六军团参谋长李达带领红三军,提前在木黄的大柏树下列队迎接。

虽是满身战尘,衣衫破旧,还拖着300多名伤病员,但在枪林弹雨中跋涉而来的红六军团,精神百倍,指战员该刮胡子的刮了,背包里还有换洗衣服的都换上了。队伍走近大柏树的时候,正生病躺在担架上的任弼时,一见父亲的身影,立刻从担架上跳下来,坚持要自己走;父亲连忙迎上去,想让他继续躺在担架上。任弼时激动万分,紧紧握住父亲伸过来的手说,这下好了,我们两军终于会师了!父亲也非常激动,连连说好!好!好!我们终于会师了!站在各自首长身后的队伍,顿时欢呼雀跃,掌声如雷。在两军领导人历史性握手之际,双方拥上来热烈拥抱,相互通报姓名,又相互捶打着对方的肩膀。后面的人挤不进去,急得朝天放枪。

木黄的这棵千年古柏,就这样见证了两军会师的伟大时刻,见证了红军中几个湘籍领袖久久地把手握在了一起。

两军会师后,双方领导人在镇上的水府宫召开紧急会议,商量下一步行动。会议根据中央的部署和黔东的敌情,作出了迅速向湘西发展的决定,而且事不宜迟,第二天便拔寨启程,实施战略转移。

10月25日,两军到达酉阳红三军大本营南腰界。这里鸡鸣三省,群众基础稳固,暂无敌人追击之虞。部队驻下后,用红六军团的电台及时向中央军委报告了会师情况。26日,在南腰界一块坪地上隆重召开两军会师大会。在会上,作为中央代表,任弼时首先宣读了党中央为两军会师发来的贺电,接着宣布红三军恢复红二军团番号;两军整编后正式称为二、六军团,设军团总指挥部,总指挥贺龙、政治委员任弼时,副总指挥萧克、副政治委员关向应,参谋长李达,政治部主任甘泗淇。其中红二军团下辖四、六两师4个团共4300余人,贺龙任军团长、关向应任政委。红六军团的军团长仍为萧克,政委仍为王震,下辖3个团共3300余人。

父亲尊重中央红军,信赖中央红军。他虽然担任两军会师后的红二、六军团总指挥,但他在大会上说了一句话,让后人交口称赞。父亲说:"会师,会见老师,中央红军就是我们的老师!"28日,红二、六军团从南腰界出发,向湘西挺进,拉开了创建湘鄂川黔新苏区的序幕,有力地策应了中央红军长征。

熟悉中国红军史的人都知道,红二、六军团木黄会师,意义重大,它使不同战略区域的两支红军汇成了一股强大的革命力量。

1936年7月,在中央红军的长征途中,中央军委发来电文:"中央决定,从7月1日起,红二、六军团改称为中国工农红军第二方面军。"

是的,我寻访木黄的时候,正值如今我们已不堪回首的年代,那时"十年动乱"还没有结束,在人们的期待中艰难复出的小平同志又面临着被打倒的危局,中国大地正处在火山爆发的前夜。

自然,那时人们对父亲贺龙的名字还讳莫如深。都知道他作为共和国开国元帅,在1969年6月9日被迫害致死,尽管中央在1974年已作出为他平反昭雪的决定,召开了有周总理参加的追悼会,但有关方面规定不准见报,不准宣传。正因为如此,在那个躁动不安的秋天,我是怀揣着1974年9月29日中央发出的《关于为贺龙同志恢复名誉的通知》上路的。在这片写满父亲的光荣,每个人都说得出他名字的土地上,我每到一地,每遇到一个当地领导,都要拿出那份红头文件给他们看,让他们眼见为实。我对他们说,毛主席都说话了,贺龙是个好人,对中国革命有过巨大贡献。在中央为父亲举行的追悼会上,带病出席追悼会的周总理连鞠七个躬。我还说,我是按照周总理的指示,以中国革命历史博物馆文物征集组副组长的名义,沿着贺龙等老一辈革命家创建湘鄂川黔革命根据地的足迹,来寻访和收集革命文物的,请多多包涵。

现在回想起来,我当时是那样的谦卑,那样的怯懦,就像鲁迅笔下那个絮絮叨叨的祥林嫂。其实大可不必,当我第一站到达印江,县里的领导就倾巢出动,甚至在我住着的县招待所安排了岗哨。这让我大感意外,又大为感动。我想,天下自有公道,原来老区人民并没有忘记我父亲,没有忘记他们这一代革命老前辈。还有什么比这片土地上的人,在那样一个错乱的年代,在心里深深地铭记着他们的功德,更让人感到激动和欣慰呢?路途遥远又崎岖,第二天一早,县"革委会"主任和副主任、木黄所在的天堂区"革委会"主任,还有县公安局负责安全保卫的同志,近十人前呼后拥，一起陪着我去天堂区兰克公社的毛坝寻访。那儿有红三军一个师部的旧址，并有经常随该师行动的我父亲的旧居。户主是个叫陈明章的老人，当年给我父亲做过饭，放过哨，至今还能说出他的音容笑貌。

走进那栋年久失修的房子，楼下的一间厢房洞开，我心里一惊，仿佛闻见从里面飘出来的一股熟悉的烟草味。陈明章老人说，我父亲当年就住在这间厢房里。在夜间，他声震屋瓦，常听见他累得像打雷那样打鼾。听见这句话，我一头往厢房里钻。屋子里逼仄、幽暗、潮湿，微弱的光线从一扇不大的开得很高的窗口射进来；两条长凳架着一块薄薄的床板，想必就是父亲睡过的床了，靠近头部的位置明显有松明火熏过的痕迹。那时还没有开放参观一说，更不敢提贺龙曾在这里住过，我一眼认定都是原物，而且几十年都没有人动过。我趴在留有父亲汗渍的床前，想起他睡下后又撑起身子来够墙壁上的松明火点烟斗的情景，止不住失声痛哭。父亲苦啊！但当年他苦，是他心甘情愿的选择，苦中有乐，有他能远远看到的光明和希望。

可后来呢？后来革命胜利了，他当了人民赞颂的元帅，却在那场黑白颠倒的运动中，死在了一间同样阴暗潮湿的屋子里，而且那是一间钢筋水泥屋子，墙壁比这还坚硬，还冰凉；而且父亲去世的时候，重病缠身，连一口水都没有喝上……全程陪着我的县"革委会"副主任张朝仙，后来在她自己整理的回忆文章中这样记述："贺捷生抚摸着父亲曾经睡过的床，睹物思人，想到父亲为党和人民的事业革命一辈子，在如此艰难的环境中都度过来了，却在'文化大革命'中，惨遭林彪、江青、康生一伙的残酷迫害含冤而死，不禁悲从心起，泣不成声。看到她的哀伤，不知道该怎样安慰她，我想还是让她痛哭一场宣泄一下为好。从陈明章家出来到公路有三里左右路程，贺捷生边走边哭，一直到上车才止住哭泣。这次恸哭，是我陪她在整个寻访过程中哭得时间最长的一次。"接着我们去了青坨红花园。

我记得清清楚楚,在一个叫何瑞开的老乡家,进门便看到板壁上保留着一条巨大的红军标语:"反对川军拉夫送粮,保护神兵家属。红三军九师政治部宣。"字迹古朴、醒目,散发出一股在那个年代红军和民众心心相印的感召力。从红二、六军团几个幸存的老同志嘴里,我听说当年负责往墙上刷大标语的,是后来长期主政新疆的王恩茂。我不敢断定这条标语就是他写的,但我说,这是一件难得的珍贵文物,征询主人何瑞开愿不愿意让中国革命历史博物馆征用。怎么不愿意?何瑞开拍着胸脯说,只要给我一个屋顶避雨,需要这栋房子都可以征去。又说,贺同志,你父亲当年为我们打江山,生生死死,图个什么?还不是图我们老百姓能过上太平日子!现在真太平了,没有人敢欺压我们老百姓了,我怎么舍不得这壁木板?还说,我懂,不是这壁木板有多么金贵,是红军写在上面的字。字字千金。

这天,我们还去看了铅厂黔东苏维埃工农兵第一次代表大会会址、枫香溪湘鄂西分局会议会址。两个地方都是穷乡僻壤,需要翻山过坳,累得人筋疲力尽。令人痛心的是,因为父亲蒙受冤屈,这些理应受到保护的革命旧址,已无人问津,显得破败不堪,岌岌可危,有几处墙壁开始坍塌。

从枫香溪会址出来,已过傍晚7时,黑下来的天突然下起了瓢泼大雨,满世界回响着雨打山林的声音。

下一站去耳当溪,还要走6里山路才能坐上车,只能冒雨前行。走在杂草过膝的山路上,衣服很快便湿透了。天又冷,浑身起着鸡皮疙瘩。走到耳当溪,水漫进了吉普车里。车往前开,看不见一盏灯光。走着,走着,耳边传来轰轰隆隆的流水声。张朝仙说,贺处长,这地方叫沙坨,前面就是乌江,就是红军突破乌江的乌江。今晚我们也得突破乌江,到对岸的沿河县投宿,但江上没有桥,必须摆渡过去。又说,贺处长,沿河是印江的邻县,条件可能还没有印江好,要有思想准备哦。在路上,张朝仙自作主张,总是叫我"贺处长",我多次纠正她说,我不是处长,是文物征集组副组长。她固执地说，国务院"文革"领导小组的领导也叫组长，那是多大的官啊！你们中央来的人，组长都比我们县长大，叫你处长还不应该？听她一路对我表达歉意，说贵州穷，贵州的老区更穷，让我受委屈了。我又忍不住说，你们能这样接待我，已经让我感激不尽了，还讲什么条件，你以为我有多么娇气啊，其实我也为人妻，为人母，吃的苦和受的罪，不比别人少。她没话说了，惊愕地看着我。

在江边等船的时候，夜色漆黑一团，深夜的雨打在肌肤上冰凉刺骨。登上渡船后，湍急的浪涛噼噼啪啪地撞在船帮上，明显感到船身在震颤。站在甲板上，比我高大的张朝仙用双臂护着我，好像怕我被浪涛卷走似的。我在想，当年父亲他们反反复复过乌江，有多难啊！到达沿河县招待所，已是下半夜了。服务员在半醒半梦中从窗口扔出来一把钥匙，让我们自己去客房。打开门一看，这哪里是县招待所？分明是北方的大车店：房间里摆着八九张硬板床，没有被子、褥子和床单，也没有蚊帐，简陋的床板上铺着满是破洞的粗席子。虽是初秋，但山区的雨夜很冷，加上在山里跑了一整天，又淋了雨，睡过去肯定要着凉。我对张朝仙说，就这样凑合一夜吧，反正天快亮了。张朝仙说不行，丢咱老区人的脸，转身去找服务员。

只听见她对服务员说，这是北京来的领导，你们得给她换一床干净的被子和床单，把领导招呼好，我们无所谓。没多久，她抱回来两套破旧的被褥，给我铺好后，说贺处长，您好好休息，今天太累了，早点睡，有什么事叫我。说着往隔壁走。我知道隔壁的条件比这还差，一把拉住了她。

我说朝仙同志，你就住这里，我们在一起说说话。

这个晚上窗外雨水滴答，空中蚊虫飞舞，我和张朝仙在各自的床上靠墙而坐，扯开被子盖住双腿，聊了很久。我把我父母怎么结的婚，母亲是个什么样的人，姓什么，叫什么；我父亲带领红三军到黔东后，母亲怎样怀着姐姐红红在湘西的山里打游击，姐姐红红又是怎么死在她手里的;还有我姨蹇先佛怎么嫁给红六军团长萧克,怎么在长征途中生的孩子;我的童年怎么寄养在湘西,大学没毕业又怎么去青海支边等等,都给她说了。听得她泪光闪闪,连连说想不到,真是想不到。我还对她说了我父亲当年在黔东的一个生活细节:那时候战斗频繁,居无定所,父亲为了养精蓄锐,养成了在扁担上睡觉的习惯。他在两条凳子上放一根扁担,又在手指上绑一根点燃的香,躺下就能睡过去。当那根香烧疼他的手指,马上就能醒来。因此,他每次睡觉的时间,掌握得就像钟那么准确。我讲完这个细节,张朝仙已在黑暗中抽泣。她说,当年打江山有多苦啊! 我弄不明白,现在为什么要整那些老干部,这不是过河拆桥吗?

从这个晚上开始,我和张朝仙成了朋友,以后常有来往。

我再次站在木黄那棵千年古柏下的时候,是10月2日。这时我在黔东的崇山峻岭中前后跋涉了近10天。中途张朝仙送我在乌江上船,回贵阳参加了一个文物会议。正想着下一步往故乡桑植走,北京打来电话,说中央准备开展纪念红军长征40周年活动,要我在当地请一个摄影师,重回印江木黄和酉阳南腰界去拍组照片。我重新出现在印江县招待所时,张朝仙大感意外,以为我把魂丢在了印江。

我说我的魂真丢了,但没有丢在这里,丢在了木黄。

还是张朝仙陪我下去。到了小镇上,摄影师只顾得取景拍照,我独自在大柏树下盘桓,心里有个莫名的念头在不住地翻涌和缠绕,却捉不住它,说不清它。之后,我拨开树丛,攀上了父亲曾经战斗过的一面山坡,这里居高临下,能一览无余地看到木黄的全貌——远处的梵净山主峰,虎踞龙盘,在奔涌的云雾中岿然不动。脚下的木黄镇,夹在一道深深的峡谷中,两岸的青山雄伟,俊秀,一派苍茫。在秋日阳光的照耀下,正在变色的树叶泛出一片片金黄,如同漫山遍野散落的金箔。与镇子同名的河流穿峡而过,像一条玉色飘带逶迤而来,又逶迤而去。三三两两散落在田野里或山路上的农人,小得像一只只各自在为生活奔忙的蚂蚁,好像日子天长地久,谁都是匆匆的过客,即使哪年哪月发生过什么事情,也不过如此,渐渐地就会被遗忘。

想到我两次来木黄,无论在两军会师的古柏下,还是在两军会师后召开会议决定下一步行动的水府宫,都没有一块像样的标牌,更别说作为历史见证开辟出来供人瞻仰了,心里不禁有些苦涩。

10月3日,我们经松桃、秀山去酉阳的南腰界,过县过省的旅途峰回路转,险象环生。不仅是近日下了几场大雨,把多处的路桥冲断了,车开着开着就得下来步行,而且还有不明身份的人出来捣乱。

那是我们从酉阳去南腰界的路上,途经金家坝休息,忽然有人对前来陪同我们的酉阳县委孙副书记说:"孙书记,你要小心,有人要杀你。"当时正值"文革"后期,威胁恐吓领导干部是常有的事,因此孙书记并未理会。但稍过片刻,还是在金家坝,忽然又有人贴上来问:"孙书记,你们晚上还回来吗?"孙副书记还没在意,说当然回来。

我们在南腰界拍完照片回酉阳,天色已晚,开着大灯的两辆车在夜幕中缓缓行进。可是,当我们的车驶进一片密林,公路上突然横着一根巨大的木料,路中央堆着一大堆石头,无法通过。此时黑夜沉沉,两边的山林静悄悄的,偶尔传来几声夜鸟的惊叫。张朝仙说:"坏了,看来真有人破坏!"然后对孙副书记说:"孙书记,不能再往前走了,不如折到李溪先住下。"孙副书记想起在金家坝的遭遇,也觉得事情蹊跷,同意改道往李溪走。

后来证实,那天晚上真有人要闹事,并且是冲着我来的。原来,1934年,红军在南腰界猫猫山开过一个大会,当场杀了几个恶霸。那几个恶霸的后代听说贺龙的女儿来了,跃跃欲试,暗中组织了几十个人拦路,企图趁乱报杀父之仇。

第二天,孙副书记调来一辆救护车开路,料想那些人不敢在大白天胆大妄为。车开到头天晚上断路的地方,那根横着的木料和路中央堆着的石头依然还在,公路上散落一地燃烧过的柏树皮火把,到处是新鲜的屎尿;两块石头上分别写着:"到此开会,彭菖"和"我们到了"等字样。

我们下车把木料和石头搬开，用了半个多小时才把路打通。

虽是虚惊一场，但回到印江，我的心里仍然五味杂陈。倒不是感到后怕，我是想，都什么年代了，怎么还会出现当年被惩治的恶霸后代寻衅报仇，而且公然把目标对着贺龙的女儿？这说明历史被淡忘到了何等地步！也说明红军和贺龙的威名，被时间，尤其是被"文革"的倒行逆施，渐渐地磨灭了。这是一件多么可怕，多么令人痛心的事情啊！就在这时，那个几天前在木黄莫名缠绕我的念头，忽然变得清晰起来、明确起来。我想我知道该做什么了。

离开印江那天，我鼓足勇气含蓄地对张朝仙，其实是对她担任的县"革委会"副主任的职务说，红二、六军团1934年9月在木黄会师的历史地位有多重要，无须我言。但我去过洪湖，也去过遵义，前些天又和你一起去了南腰界，这些地方都有历史纪念碑，你们想过木黄也应该有吗？张朝仙沉默许久，认真地说："贺处长，我明白你的意思，但这是一件大事，偏偏我们又是贫困的少数民族地区，容我慎重报告县委。"

1977年，我收到张朝仙写来的一封信，告诉我说木黄两军会师纪念碑已经破土动工，碑址就选在我攀登过的那座山下面。现在这座山取名为将军山，那棵大柏树，取名为会师柏。张朝仙还说，纪念碑的碑文，他们请1975年陪同我去木黄寻访的省博物馆党史专家谭用忠同志撰写，但碑名至关重要，必须请一个德高望重的老革命家留下字迹，问我能不能请到当年率部会师的红六军团政委、时任国务院副总理王震题写。

我心里一高兴，马上回答说，这个任务包在我身上了。

事后印江的朋友告诉我，我离开木黄后，张朝仙立刻向县委书记瞿大国汇报了在木黄建碑的想法。

"我知道县里穷，但可以先拿出万把块钱来建个简单的纪念塔。"她说，"有总比没有好啊，不能让后人戳我们脊梁骨。"瞿大国完全同意张朝仙的提议，并在县常委会上讨论通过。有意思的是，在考虑主管纪念碑建设的人选时，大家都想到了张朝仙。

少数民族地区的同志感情纯朴,认准的事情按照自己的习惯干了再说。张朝仙不负众望,卷起铺盖一头扎进木黄,动员群众土法上马,兴致勃勃地开始了建碑。

设计图纸还没有出来,他们就开始平地基,修公路。木黄区更是积极响应,从各公社抽调一个民兵排上阵;又从全区选调了一批石匠进山提前采集石料。县里经费紧张,常委会决定下拨的一万元迟迟没有到账,木黄区的同志们说,给红军建碑,是我们多年的愿望,我们不要县里的钱,给大伙记工分。工地上生活艰苦,没有水,便发动机关干部职工和学校师生前来挑水,让各部门负责拉沙。他们提出的唯一条件,是山里的石料用手掰不开,县里得提供雷管和炸药。

木黄虽是老区,又是落后的少数民族地区,交通闭塞,但红军烈属和亲属多,群众觉悟高,有许多见过两军会师的人还健在;甚至还有跟随过红军战斗,因伤或因其他原因没有跟着走的老游击队员,听说要建红军会师纪念碑,欢欣鼓舞,奔走相告,纷纷拥来助阵。

将军山下,大柏树旁,一时人声鼎沸。

我后来听到这样一个故事:有一天,张朝仙站在张家沟采石场向大家宣讲建碑的意义,人群中突然有个老汉高声回应说:"这个同志讲得好,为红军建碑是我们木黄的责任。"张朝仙循声望去,只见那人满脸皱纹,背像弓那样驼着,头发稀稀疏疏地全白了,手里拄着一根拐杖。张朝仙走过去问他:"老伯,你是谁?在办哪样?"老汉说:"我叫张羽鹏,天堂区陡溪公社茶坨村人,贺老总在印江闹革命的时候我当过游击队长。听到要为红军修纪念碑,我特意赶来出力,连口粮都带来了,不信你来看嘛。"张朝仙朝身后背着的背笼一看,果然有一包米,一包饭,一些蔬菜。张朝仙当众表扬老汉说,你这个认识很好,很有代表性,大家要向你学习。因为县城与天堂公社同路,那天回县城时,张朝仙特地请张羽鹏坐她的车走,老汉说:"我不跟你走,我是来修碑的,又不是来看热闹的。碑还没有建好,我走哪样?"最后,张老汉硬是坚持到纪念碑完工,才背着背篼回家。

这个叫张羽鹏的老汉我见过,后来在北京还接待过他。那是多年后,张朝仙给我打来电话,说那个背着背篼去木黄修碑的老游击队员,你还记得吗?现在他的眼睛不行了,看不见了,想来北京治病,能不能帮帮他?我说,怎么不记得?你让他来吧,我来管他。那时我的老伴李振军还在世,张老汉到了北京,我们一起去看他,一起把他送进医院。老汉的住院费和治疗费全部免除。当然,这是后话。

印江在木黄土法上马建会师纪念碑的消息,很快传到省里,省文化厅、省设计院和省博物馆迅速派人来查看。他们既为群众自发纪念红军的精神感动,又觉得按此办法建碑太简陋,与两军会师的重要地位不相称,必须重新设计并把碑挪到半山腰,那儿视野开阔,也更庄重,更气派。省里的同志说,给红军立碑,那是千秋万代的事情,不能垒几块石料竖一面碑了事,像盖一个土地庙。

印江的领导听得频频点头,从心里感到省里的人就是比自己站得高,看得远。

可他们接着说,那么钱呢?那得要多少钱?我们拿不出来啊!省里的同志说,这样吧,我们给你们设计图纸,再拨给你们四万元,只有那么多了,你们得精打细算。县委和县"革委会"的人笑了,说四万元不少了,我们勒紧裤带,再自筹两万。

我就是在这个时候收到张朝仙的来信,让我想办法请国务院副总理王震题写碑名。我知道王震叔叔很忙,但再忙他也不会推辞的。因为木黄会师不仅是红军发展史上的一座里程碑,也是我父亲贺龙、任弼时、关向应,包括萧克和他在内——他们个人革命生涯中的一座里程碑。何况他是我父亲的老部下,对父亲和那段历史感情深厚。所以,当我向他报告木黄正在建造红军会师纪念碑时,他马上说:"好啊,需要我做什么?"这已是1978年,听说我拿到了王震的墨宝,张朝仙在电话那边激动得哭了,马上让正在北京参加全国妇联代表大会的县妇联主任上我家来取。

妇联主任开完会立即赶回印江,到了县里得知张朝仙在铜仁开会,又马不停蹄赶到铜仁,当面把墨宝交给张朝仙。

1979年夏天,由王震题写碑名的"中国工农红军第二第六军团木黄会师纪念碑"就要落成了,县里挑选7月1日建党58周年这个特殊的日子举行揭幕仪式,并来电话郑重邀请我参加。不巧的是,我刚做完一个手术,行走不便,未能成行。但是,我字斟句酌地给印江县委写了一封贺信,表达我难以平复的喜悦:

印江县委负责同志:你们好!

收到你们的来电和来信,心情非常激动,木黄会师纪念碑终于落成了,这是一件政治上的大喜事,我万分高兴。记得1975年,我两次走访印江,那时正是乌云压顶,"四人帮"横行之时。我们敬爱的周总理给贺龙同志恢复名誉的讲话消息尚不能公开见报,印江县委的领导瞿大国、张朝仙等同志就提出要修建木黄会师纪念碑,对我的鼓舞和教育至今仍深深地铭刻在我的心中。

印江不仅山清水秀,风景优美,还是个有着光荣传统的革命根据地,在艰苦的战争年代,为革命做出了应有的贡献。新中国成立后,继续发扬革命光荣传统,为祖国的社会主义建设做出了贡献,这些都是值得我学习的。

总之,1975年的两次印江之行,感受很深,受益甚大。也非常感激县委对我的热情接待。这次我非常想去参加木黄会师纪念碑的落成典礼,但因我患甲状腺功能亢进,刚动过手术不能参加,甚感遗憾,请你们原谅。不过,我一定要争取第三次去印江看望老根据地的人民……

(载《人民文学》2013年第4期)

作者简介：

贺捷生,贺龙之女,1935年生。湖南省桑植县人,中国人民解放军少将,著名军旅作家。著有《深秋》《湘西湘泉常在梦中》《不去的胡华》《星星》《击毙"二王"的报告》《呵！五角大楼》《共青畅想曲》《残月》《柳浪闻莺》《祝您一路平安》《谁言寸草心》《父亲的雪山,母亲的草地》等散文、报告文学、影视剧本。作品获人民文学奖优秀散文奖、鲁迅文学奖等。

壮美的印江

聂鑫森

嵌在黔东北的印江土家族苗族自治县,在未与其晤面之前,我常把她想象成湖南湘西的凤凰,玲珑的城郭,宁静的村寨,山如黛眉,水似眼波,歌舞翩跹,银饰叮当,说不尽的秀润与妩媚。

我与几位文友应邀去了印江。先到贵阳,再乘车近7小时始达,真正是"众里寻他千百度。蓦然回首,那人却在,灯火阑珊处"。

几天来,我们走访印江县城,街市井然,新楼亮丽,澄碧的印江水,窄窄、款款、穿城而过;到处绿树蓊郁,清凉可人,那枝丫间无意中便会绾住一段少男少女的歌谣;杜鹃花红红粉粉,肆意地开得正盛。我们踏勘山环水绕的村寨,茶园、果园、稻田,一片接一片,绿意盈盈,而在结构精美的吊脚楼、桶子屋,燃着灿若红莲的火塘,奇瑰的传奇故事,在口口相传中繁衍生长。我们在紫薇园,观赏土家族婀娜多姿的摆手舞;在合水镇木黄河边的古作坊,看薄如蝉翼的白皮纸如何诞生;在梵净山半山腰的护国禅寺方丈室,听年过九旬的高僧细说因缘……印江,你是如此静穆,如此娟丽,如此纤柔。

不,这不应是印江全部的内蕴,当采风活动日渐深入,兀地触摸到印江强烈而雄劲的脉跳时,我眼中的印江分明呈现出一种别样的壮美,喷涌出震撼心脾的伟力和热情。

到印江不可不去梵净山,它绝不是一副低眉顺眼的模样,而是充满着无羁的野性,山峰陡峭,断崖如削,沟谷幽晦深邃,泉瀑奔涌呼啸掷出万钧沉雷。与之相配的怪石嶙峋狰狞,奇树傲岸挺拔,翠竹剑戟横空,连四时开放的杜鹃花也凝重如血。到了梵净山,不可不飞身登绝顶,日出或日落,霞云簇拥,山顶铸金,这"红云金顶"何其气象万千。当一番潇潇春雨过后,天兀地晴亮,金顶会出现巨大的环状佛光,登临者的身影镶嵌环中,何等壮观啊!

"似痴如醉弱还佳,露压风欺分外斜",宋人杨万里所描绘的紫薇花,不过是一种小型灌木,袅袅婷婷,与病美人何异?但在印江永义的紫薇园,却屹立着一株历千余年风霜,高30余米的紫薇树,属第三纪残遗植物,在神州大地仅此一株。一年开花一次,脱皮一次,但种子落地不生,枝条嫁接不活,与园中各类紫薇科植物迥然不同。多少紫薇在无尽的劫难中,从外形到内质,不断虚化和蜕变,成为纤弱的种群,顾影自怜。而这株千年神树,永远保持硕大的体魄和刚毅不屈的品格,在开花和脱皮中不断新陈代谢,以恪守坚贞不渝的信念,如一面猎猎飞扬的旗帜,昭示着生命的真谛。不可再生,不可嫁接,正如一种壮美的精神气质不可复制,不可克隆。

在灯影交织的严家祠堂,我们观赏过遒劲古拙的傩戏,那充满诡秘的一招一式,将远古初民的遗风流韵,肆无忌惮地渗入现代生活的图景,激腾起都市一族对大自然的由衷拜服。在庙会的开幕式上,土家族的长号唢呐向天而吹,其声沉宏峭拔,穿空裂云,让闻者心胆俱壮。在木黄河边生产白皮纸的作坊里,粑窝冲绒,粗重的木杵撞击石臼所发出的惊天动地的声音,揭示着传统文明不竭的张力。

那个夜晚,星月交辉,印江城"火树银花触目红"。土家族、苗族和汉族的各路好汉赤膊赤脚和着雄浑的锣鼓声、长号唢呐声,舞着龙灯呼啸而来。于是壮汉们举着缠绕鞭炮的长竹竿,捧着填满硝药的大竹筒,蓦

壮美的印江

地"杀"入龙阵"打火炮"和"打花"。鞭炮点燃了,烟花点燃了,一声声的炸响,一团团的火焰,在舞龙汉子的身前身后翻腾喷溅,于是欢声更高,龙影更疾。我看见火光在赤脚下流淌,火焰在古铜色的脊背上滚动,没有人稍有怯色,没有人略显彷徨。只听见舞龙汉子齐刷刷呼喊:"呵嗬——呵嗬——"

他们曾这样踏着火光走过漫长的历史,他们曾这样呼喊着塑造印江的山山水水。在火光和呼喊声中,我看见跨在龙背上的印江,如此壮怀激烈,如此意气飞扬,如此威风八面!

印江啊,壮美的印江!

(载《人民日报》2006年1月30日)

作者简介:

聂鑫森,1948年6月生,湖南湘潭人。先后毕业于中国作协鲁迅文学院和北京大学中文系作家班。中国作协会员、湖南省作协副主席。著有长篇小说《夫人党》《浪漫人生》《霜天梅影》《诗鬼画神》;中短篇小说集《太平洋乐队的最后一次演奏》《爱的和弦与变奏》20余部及诗集、文化专著共20多部。曾获"庄重文文学奖""湖南文学奖"以及"北京文学"奖等数十次。

印江大印象

邱华栋

前往印江的路途多少显得有些艰难:从贵阳出发,沿着400公里弯弯曲曲的盘山路,一路向东北方向而行,乘坐汽车要走七八个小时。我们早晨出发,傍晚的时候才抵达。一路上,绿色的山川连绵不断,中途,我们在乌江江畔停了下来,吃了一顿美味的乌江鱼。这乌江鱼应该是鲇鱼,黑色、无鳞,有胡子,味道十分鲜美。乌江鱼的做法以鲜辣火锅为主,而蒸腾的火锅中,贵州的辣椒确实是名不虚传,直辣得我口舌麻木,大汗淋漓。远眺乌江,这里的水势已经不大了,似乎很难想象当年红军强渡乌江天险的情景,只是江两岸的山势却十分陡峭险峻,还看得出来这里曾是一个要害地方。

继续进发,路边的景色似乎显得有些单调,但是仍旧有很多变化,各种茶树、烟草等经济作物开始出现。越往东北部走,山越来越高大,弯路也特别多,终于,绕过了一个山包,向下俯瞰,一座被一条河环绕的美丽县城立时出现了。

这个在山坳中盘踞的,就是印江县。印江县隶属于铜仁地区管辖,是一个土家族、苗族自治县,这里百分之七十的人口,都是由这两个民族组成。从这里继续往东走,就是湖南的湘西地区,距离湖南的怀化很近。

印江的地理位置虽然在贵州不算是最为偏僻的,但是交通仍旧是一个大问题,不过,现在公路、铁路和航空都有路径可以抵达:印江距离铜仁机场170公里,还有一条从泉州到昆明的战备高速公路正准备修建,而这条高速公路一旦建成,可以缩短从贵阳来印江的行程一半的时间,只需要3个小时左右的时间,就可以抵达印江了。而一条铁路在距离印江几十公里的地方穿越,那里有一个火车站,前往印江以这三种交通方式都可以。

几天的印江周游下来,我获得了一个印江的大印象。这个地方的文化名片和文化符号确实不少。我们来的第二天,就赶上了印江的一个大庙会。在这个庙会上,我先是看到了这里的土家族长号和唢呐队,他们手里的长号十分巨大,吹动起来声音浑厚绵长,历史的幽深感和沧桑感立即涌现。一般土家族遇到了结婚、乔迁、丧葬、拜寿等生活大事,都要请长号唢呐队前来伴奏。而且,在街头一些地方,我可以看到很多长号唢呐乐队的小广告,可见这种乐器和人们日常生活的紧密程度。

我还看了舞龙表演和土家族摆手舞等。这个土家族的摆手舞是很有特点的。摆手舞是由土家族妇女在长期的田间劳动之后创造出来的,表达了妇女对丰收的期待和热爱,对农业劳动的具体动作形象化、艺术化、舞蹈化,播种、收割、耕田、纺线,都通过一双灵巧的双手和美好的身形表现出来。

这里还有傩戏。这个傩戏,可是西南地区一种很原始的民间戏剧,有着巨大的文化价值,傩戏,简单地说,就是由土家族老师戴上面具,扮演各种神仙,边说边舞边唱,驱逐鬼怪和疫病。傩戏的历史到底流传了有多久,一直是学术界有争论的问题,但是,它的古老和源远流长却是毋庸置疑的。

晚上的时候,我们在一座古香古色的祠堂里看了一出傩戏。这出傩戏演了四十分钟,由民间的土家族师傅出演,要是没有专门的翻译,一般很难听明白唱词,看明白剧情。这出戏十分复杂,请神、驱鬼和皆大欢

太子石——戴恒树 摄　　　　　　　土家族过赶年——甘述华 摄

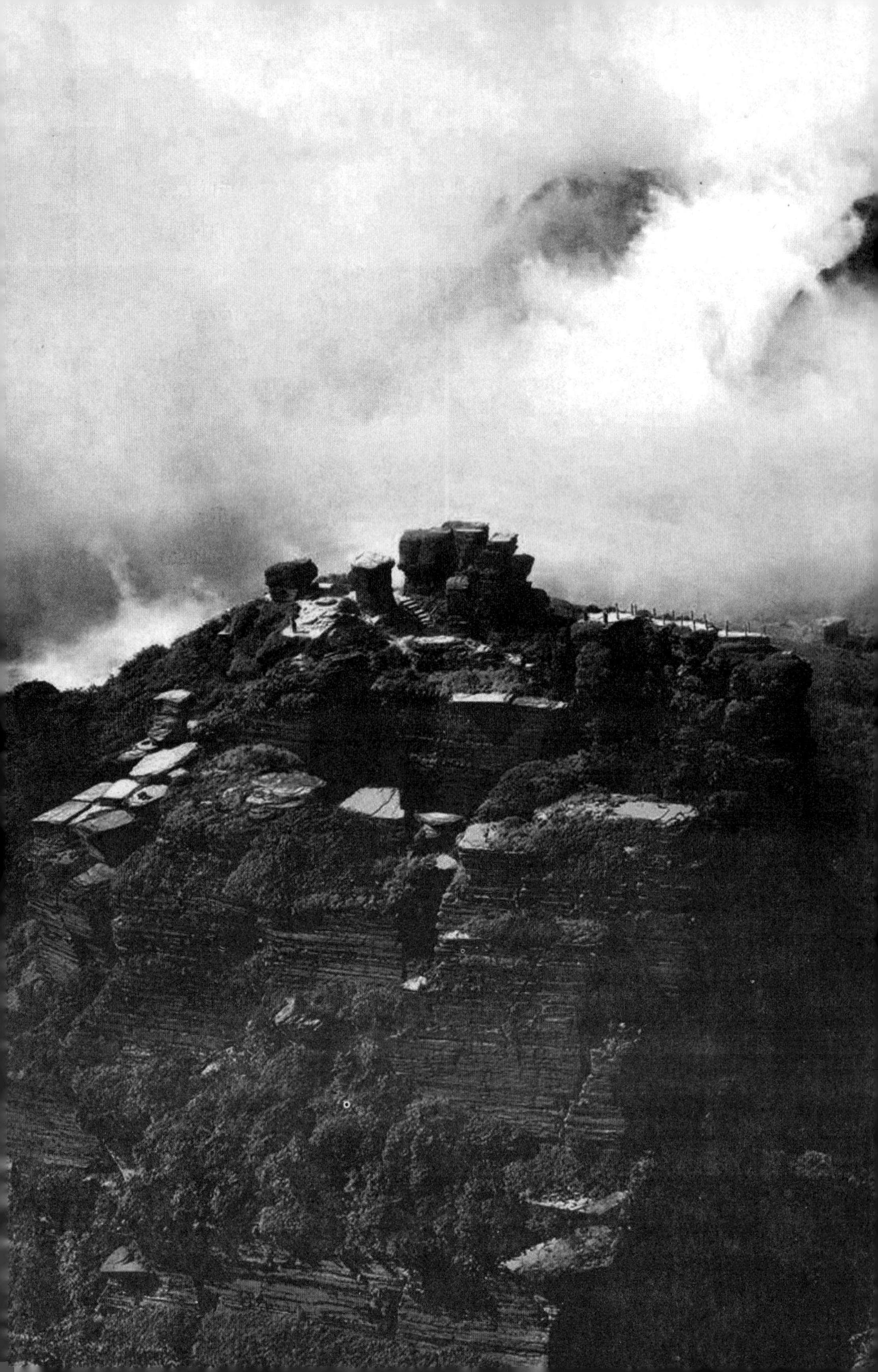

神奇梵净——戴恒树 摄

兴隆桥——甘述华 摄

文昌古阁——戴恒树 摄

喜,推演的过程缓慢而有趣。傩戏可以说是一出戏剧和宗教巫术结合的活化石,而由傩戏延伸开来的傩舞、面具、道具和唱词,如今是研究西南地区少数民族的民俗、宗教信仰和生活范式的重要材料。

　　印江如今还保存有独特的白皮纸手工造纸技术,据说,当年蔡伦发明的造纸技术,现在在印江的一个蔡姓的村子里,仍旧完全地保留了下来。而且,全部都是手工造纸。我们抵达了这个以蔡姓为主的村子,村子不大,依山傍水,风景秀丽。一些看上去十分简陋的茅草窝棚,就是造纸的作坊,如今,这个村子里的人依旧以手工造纸作为主要的经济来源。我们进入到了窝棚里,观看了工艺既简单又复杂的造纸过程。造纸的原料,是当地生产的一种特殊的灌木的树皮。现在,这里的手工造纸十分畅销,很多地方都要提前订货,才能够买到这里生产量很有限的白皮纸。而一些现代和当代国画家、书法家,很喜欢用这种罕见的纸张作画、写书法。

　　而在距离县城几十公里开外,还有一座佛教名山梵净山。这个梵净山,是国家级的自然保护区,可以说是印江最为主要的自然和文化景观。如今也正在成为国内重要的一座佛教名山。梵净山上在宋代就兴建了很多佛教禅寺。在明朝,这里的寺庙曾经多达数百座,后来因为战乱和历史的惊变,大部分佛寺都被焚毁了。如今,山上有一个佛寺——护国禅寺,刚刚落成了大部分建筑,这是从辽宁来的高僧释佛友历经多年努力,在原来的寺庙旧址上兴建起来的。

　　前往梵净山的路途不算遥远,一路上,从大山深处流淌出来的一条发亮的小河一直伴随着我们的视线,山峦叠翠,十分清新。盘山路渐渐地进入到了云的深处,眼前,大地山川的景象十分开阔,云海之下,黑色的山峦绵延而去,护国寺就隐身在里面。寺庙的三进大殿十分巍峨,隐现于云雾当中。我们在傍晚的时候进入到寺庙里面,刚好赶上了暮时课诵,于是站在了居士的队列里,体验了那个时刻的神秘无言。

　　晚上,住在山上的宾馆里,可以听见窗户外面蛙声阵阵,十分热烈,而窗户外面的空气十分清新。我乘兴写下汉语俳句多首如下：

梵净山俳句

护国禅寺
护国禅寺外,蛙鸣阵阵
清晨结为露水

看 山
风吹山静云不动
人走如风

山 麓
盘山路,径入深林
路旁青蕨微微颤动

下 山
一只蟾蜍跳入黑夜
汽车急转弯,疾行走远

定魂草
野生天麻是定魂草
大风吹,叶不动

山 天
梵净山端云雾缭绕
一阵云雨一阵彩虹

卧佛无言无语

国　画
山林被石与树浸染成宣纸
流水不腐，是氤氲的墨汁

河　流
两颗鹅卵石一模一样
宛如两个兄弟

　　第二天，乘车继续上行，到达了梵净山上一处开阔的山麓，这里是汽车的终点，但是又是登山者步行的起点，而远处，梵净山的最高峰金顶已经被白色的云雾所缭绕，十分神秘。有些山峰的形状，在云雾缭绕中看上去很像是卧佛的侧影，而且竟然远近重叠有三个层面。这些自然奇观，给梵净山带来了很多美妙的传说，总之这里确实是一个佛家的清净和灵秀之地。

　　我们沿着登山的台阶开始爬山，据说，抵达金顶之上，可以看到无限的风光，全程来回需要4个小时。登山的路途一开始十分轻松，道路都被树林掩映，有很多怒放的粉红色杜鹃花就开在近处，各种花草也十分茂盛。走上一段距离，就会来到山脊上的一个制高点，从这样的制高点的观景台上四下瞭望，可以看见梵净山起伏有致、大气磅礴，被云海的汹涌波涛所笼罩。此时，带有禅意的山风从耳旁掠过，使人忘乎所以。

　　继续前进，两腿越来越不听使唤，我走了一个半小时之后还是打退堂鼓了。下了山，内心不免有些遗憾。不过，仍有同行的人继续前行，最后抵达了金顶。他们回来之后，描述了金顶之上无限的风光，也给我看了很多照片，确实，梵净山山峰突兀奇崛，云雾诡异，远处的一些飞瀑悬空如同一匹匹白练，挂在了绿色缎子为背景的山体上，那崇山峻岭处处显现了奇秀美好和神秘庄严。

印江的大印象大概如此,梵净山下,印江小城被清澈的河水所环绕,群山高处的梵净山,又一个充满了人气和灵气的地方。

(2005年于北京)

作者简介:

邱华栋,当代实力派作家,中国作家协会会员。生于新疆昌吉市,祖籍河南西峡县。16岁开始发表作品,18岁出版第一部小说集,1988年被破格录取到武汉大学中文系。1992年毕业于武汉大学中文系,在《中华工商时报》工作多年,曾为《青年文学》杂志执行主编、《人民文学》杂志副主编,现为中国作家协会鲁迅文学院副院长。

印江之印

乔 叶

是谁说的话？"知之越少，往往所写越多。"——无知者不仅常常无畏，也常常无节，不敬纸惜字。我曾惊叹一个能量颇大的散文作者，去了西藏一周，便写出一本书来。看着那本资料汇集而成的书，我还真不知道说什么好。

聊以自慰的是，虽然知之甚少，但我知道畏，也知道惭愧。不过作为一个职业码字者，每到一地旅行，匆匆浮游几日，也总要或长或短地写下些文字来，一是对邀约的朋友有个交代，二是对自己有个交代。尽管这交代是浅的，浅如印章。这印章盖在纸上，绝难力透纸背，然而好歹这印是我的，是我自己对这地方留的一个纪念，不是么？

2014年暮春，我和几个朋友到了贵州铜仁的印江，印江三日，留下数印，以记之。

印 瓦

这是第三次到贵州。第一次到贵州便喜欢上了乡下的瓦，很大，一片一片地覆在房上。贵州乡下的房子和中原的很不同，中原的房子起在平地，等闲摸不到屋顶。可贵州乡下山地居多，房子都是因势而起，且常临路边,站在路的高处,便可以摸到瓦。第二次去贵州的时候,在天龙屯堡附近,我便摸着某家屋顶的瓦照了几张照片,有张传到了网上,有网友留言:"三天不打,上房揭瓦。"

　　这次在印江的乡下,又看到了瓦。或者说,是特别注意到了瓦。瓦就在那里,长眼睛的人都可以看到,可是特别注意到瓦,却该是有些缘由。我的缘由很简单:我是乡村的孩子,从小就熟悉它。

　　五间青砖灰瓦的房子,曾经是我们家最重要的不动产,它如一件巨大的粗布衣衫,给我们全家以最简陋的也是最坚实的温暖包裹。生活在瓦下,但平时感觉不到瓦的存在。只有下雨的时候,我在屋檐下玩耍,伸出双手,任落雨在掌心汇聚如歌,偶尔会听到母亲叹息:该揭瓦了。我便知道:房顶某个地方漏雨了。于是,天晴以后,父亲便会找来泥瓦匠上房,揭开某个部位的瓦,在瓦下搪上一些泥巴,再把那些瓦盖上去。雨再来的时候,便对我们的房子没有任何破绽可寻。

　　渐渐长大,到了调皮的年龄,有一次,曾悄悄顺着院墙爬到房顶,去采摘一棵已经长成的胖胖瓦松,被母亲发现后自然是一顿狠狠地呵斥:小女孩家家的,怎么那么野呢?

　　但是感觉真的很好——那是我第一次登上了乡村的高处。

　　后来,有意无意地,我开始看房顶,也就是看瓦。

　　阳光落在瓦上,被一节节隔断,似乎也有了瓦的节律。也许只能用瓦本身来形容这种节律的奇妙:一瓦一瓦。瓦上的雨,顺着瓦垄流下,如细微的河流,湍急率性。瓦上的霜,如一袭轻俏的纱衣,美固然是美,但天一晴就被太阳收去了,宛如稍纵即逝的梦。雪的时间则要长得多。因落得高,没有脚能踩得到。因此她以奢侈的晶莹堆积在那里,久久不化。即使化,也是先朝阳后背阴,一点点地化,化呀化,如一幅被谁神秘篡改的图。而瓦楞上的冰凌则是最诱人的。长长短短,粗粗细细,宽宽窄窄,透透亮亮……从它下面走过,我会很顺手地掰下一块噙在嘴里。这也就是我冬天的下午茶了——有天空的味道呢。

瓦上还有什么呢？梧桐的落叶,晒晾的干菜,对了,还有鸽子,麻雀,喜鹊,燕子……以及那些我不知道名字的鸟儿。瓦上是它们的广场。它们散步,休息,谈恋爱,窃窃私语。偶尔,它们的目光也会与我遥遥相对,相顾无语。

瓦上有多少美好的事物啊。

我在瓦下,生活了多年。后来,到了城市。乡村的印记在城市里自然很少,不过一旦出现也会非常触目。几年来,在郑州,我和朋友们相聚的最经常的地点是东区一个叫"瓦库"的茶馆,这个茶馆的主题就是瓦。当然,里面最多的,就是瓦。青瓦,红瓦,灰瓦,大瓦,小瓦,一帧一帧的瓦窗,整面整面的瓦墙,我们位于的顶层,则有成片成片的瓦顶……不期然间,在任何一个角落里,你都会看到瓦的身影。它静静地待在那里,温和地沉默着。

茶馆里还有专门用来签名和题字的瓦,内容各种各样:活在瓦下、来看瓦吧、瓦蓝的心、红砖碧瓦……后来,我也题了一瓦。我写的是:我是一片瓦。

乡村是一方巨大的瓦库,我是一片出库的瓦。当然,尽管已经出库多年,但作为一片瓦,我从不曾忘记自己的来处,这来处在血液里,想忘也忘不掉。

中原的乡村,瓦已经越来越少。贵州的瓦呢？印江的瓦呢？还能留多久？我看到很多新盖的房子,都已经不再用瓦。我手中这瓦,必然的,也会越来越少吧？

我拿着那片瓦,拍了几张照片。相比于中原的瓦,印江的瓦要大一些,糙一些,拙一些。颜色上也更深邃一些,是黑灰色的。中原的瓦比它小巧精致一些,多是正灰色。

字典里,瓦的解释很简单:铺屋顶用的建筑材料,一般用泥土烧成。

印　　纸

好歹也算一个写作的人,整天和纸打着交道。这两年又动了写大字的心思,虽然不曾开始写,却也攒了不少好纸。听说这次的行程里有一安排是参观"蔡伦古法造纸",早早地便有了期待。蔡伦老师是造纸业的祖宗,这么多年过去,他的造纸术居然还在?当地的朋友介绍,大约明代洪武年间,蔡伦后代因躲避战乱从江西经湖南耒阳入贵州,落户于合水镇兴旺村,居住地名蔡家坳。风雨沧桑,薪火相传,已经600多年。

很多传说是不可信的。但这个传说,我很愿意相信。

茅棚草舍,拱桥清溪。最原始的造纸地就在眼前,而且让我惊讶的是,那些不知岁月的窖,石碓,水车……现在都还在用,仿佛永远不会坏。本地的朋友说,这种古老的造纸术和这些设施得以保留,是因为托了这里闭塞落后的福。要是在四通八达的好地段:"什么新风都一阵阵地刮,就把什么都刮没影子啦。"

蔡伦古法造纸的生产工序号称"七十二道",主要原料是构树皮。生产过程包括选料、浸泡、蒸煮、漂洗、碎料、舂筋、打浆、舀纸、晒纸、收垛、分刀……在河边,我们看见了那个男人。他穿着一件白色的上衣,手里拿着一张不规则的黄色的厚厚的纸。他的前面就是水车带动的一个长长的木槌子,木槌子一下一下地砸到纸上,他慢慢地转动着纸面,一点,一点。他根本不抬头看我们,只是一点儿一点儿地移动着纸面,任木槌砸着,砸着,砸着……我忽然想,几百年前,几千年前,这溪水就是这么流的吧?这水车就是这么转的吧?这木槌就是这么砸的吧?那么,坐在我们面前的人,是几千年前的那个人吗?

而我们这些来观景的人,肯定不是几千年的人。

看着平静的他,始终如一地做着一件事的他,我心里忽然满是疼惜和敬畏。这些默默劳作的人们,总是很轻易地就让我疼惜和敬畏。

然后我们去看正在建的造纸博物馆。据说贵州省文物局已投入了300多万,整馆占地面积1500多平方米。这房子看着真是奢侈——主要的建筑材料就是原木,几乎看不到砖,水泥也很少。木材不是松木就是柏木,进到屋里就能闻到淡淡的木香。上到二楼,看到一间一间隔开的酒店式的房间格局,当地的朋友说这个博物馆同时还有一个功能:写作中心。也就是说建成后会请一些作家过来写作。"欢迎大家都来。"他们笑道。我想象着,将来这栋建筑里,楼下是浙江温州瓯海区的"泽雅造纸"、湖南张家界老棚峪的"香纸"、山西定襄县蒋村的"麻纸"等各种各样的古法工艺造出的纸品在静静展示,而楼上一些写作的家伙们——也许还会有我——正在噼里啪啦地敲着电脑。

是这样么?

那么,就这样吧。让纸就那么静静地铺展着,让手在流动的荧屏上跳舞。纸已经或者即将成为一种仪式、一种祭奠、一种标本、一种历史、一种记忆。在未来的未来,都如此传说:不再有纸,正如不再有书。听到这样的传说后,我曾给纸质书写过一封信——

亲爱的纸质书:

你好。

都说在不远的将来,你会被电子书代替,从而在这个世界上消失。那么,在你还没有消失之前,在人们还没有开始疑问"纸质书是什么玩意儿"之前,我要先悼念一下亲爱的你。

——你的形状。一册是一册,一本是一本,你结结实实地存在于这个世界上。第一页翻过去,是第二页。第二页翻回来,是第一页。从第一页到第一百页再到第一千页,你的每一页都真真切切地存在于我的指尖和视线里,而在同一张纸的AB两面,对着光看去,字和字则是背对背相依相偎。在同一面的左右两页,行和行之间又可以形成一条又一条漫长的小径。当灯光静静地照在你的身上,你的页码拖出的短短的阴影边缘,一道微小的弧形隐隐可见……沉重中有着醇厚的质朴,笨拙中有着坚硬的密度。我爱这样的你们。

——你的气息。我的世界里,你无处不在。我的书架是你的客厅,我的手掌是你的座椅,我的大脑是你的卧室,我的包包是你的火车……我吃饭时洒到你身上的面包屑,喝茶时留在你身上的茶味,夹在你书页里的树叶的清芬，还有你是新书时那种特有的墨香，成为旧书后的尘灰气以及刚刚晒过霉时洋溢着的阳光呼吸。戏曲《红楼梦》里，林黛玉有一句台词："这一生，与诗书做了闺中伴。"你对我的意义，亦是如此。你是伴，是侣，是亲，是朋，是有温度的私密存在。我无法想象一本电子书会让我有这样的感觉。是的，我更爱你的一点，是你也会像我一样，在青春之后渐渐变老。

——你的高贵。现在，人们还不知道你的高贵。等到电子书真正风行时，人们才会彻底明白你的高贵。这高贵不是指你的定价，而是你的品行。遗世独立，君子之风。你即是如此。一个书名是一个存在，一个存在即是一个王国，绝不会和别的书模糊边界，共享空间。你的高贵还在于你的沉默。读者没有到来的时候，你用笃定的沉默等待着读者。读者到来的时候，你用笃定的沉默陪伴着读者。你永远都是那么笃定。绝不会忽明忽暗轻薄招摇。所以，在我的意识里，你再是粗衣布服也是仪态万方的大家闺秀，用以不变应万变的沉默奠定了自己本质的品格。

据说到了电子书时代，因为成本的大幅降低，出版商给作者的版税会很高，比纸质书出版社给的要高好几倍。据说将来我的书也一定会被做成电子书。如果真到了那么一天，我想，我一定要把有我著作权的电子书做成纸质书，哪怕只有一本，哪怕只是用自己的打印机打印。因为只有做成纸质书我才能确认：这书，是我的。我的。

所以，亲爱的纸质书，写到这里我才明白：我在这里悼念你，其实并不是为我自己，而是在替别人悼念。我不会离开你，也不允许你离开我。我将和你一起，直至生命尽头。

结尾有点儿煽情，好在真心真意。

即将上车离开的时候，有人气喘吁吁地跑来，展示出一张纸——蔡伦古法造纸术造出的样板纸。我们拿在手里传看着这张印江白皮纸。据说这纸"纸质坚韧细腻、色泽洁白，吸水性及吸墨力强，耐保存"。

"徐悲鸿当年没少用这纸画画呢。他说这纸坚韧绵扎、细腻白泽、折不起皱纹……"

我轻轻地摸着这纸。真是好纸。

印　绿

在印江,一路行来,满目葱翠。有大绿也有小绿。小绿是野花野草,星星可爱。大绿是树绿。每家门前,每个村庄,每条路旁,树木的繁茂和家常,无处不在。——就连紫薇树都能活一千多年,长到30多米高,成了赫赫有名的"紫薇王"。有田绿也有山绿。田绿是水稻和蔬菜,在很多田野里,我们都还看到了土豆花。"洋芋花开赛牡丹。"有人这么唱。呵,干吗要赛牡丹呢?洋芋花是好看的,却也用不着来赛牡丹。正如牡丹是好看的,却也用不着来赛洋芋花。这世上的花啊,各有各的好看。

山绿则是梵净山。梵净山的绿着实惊人。坐在缆车上向下看去,是一览众山小,也是一览众山绿。绿山与绿山之间,是深绿的谷。绿谷中偶尔有跃动的白色,是泼洒的溪流。溪流之上有浅白色的雾霭淡淡飘浮——除了绿就是白,再无杂色,极清极爽。缆车上行到站,我们开始向金顶攀爬。岩石陡峭,极其危峻,可是脚下和手边总还是有青葱的绿沁人心脾。

我一口一口地深深呼吸着。这绿色让我贪恋。印江人生活在洁净的呼吸里。呼吸深些,呼吸浅些,都没关系。深呼浅吸两相宜,反正空气都是绿色的。可是我们……我想起前两天和北京的朋友相互问候,已经不是你好、保重之类,而是:"祝你呼吸愉快!"

呼吸愉快,这已经成为一种祝福。从这个意义上讲,浸泡在绿色中的印江人,他们的呼吸生活很奢侈。

印　人

也许印江人自己都没有发现,他们自有一种特别的气质。尤其是乡下人。

在朗溪镇,我们去看一所老宅。老宅在高高的坡上,我们一个台阶一个台阶地走上去,门却锁着。原来老宅还是私宅,并不对外开放。本地的朋友用方言和邻居们打探,翻译给我们听:老宅的主人上地里去了。原来如此。我们便很不礼貌地一个一个扒着门缝往里面瞧,瞧完了,打算回去。忽有妇人出现,叽叽喳喳起来,和本地的朋友们说着什么,本地的朋友有些不好意思的样子,也不翻译给我们听,但我们还是听懂了一些关键的字:"钱……不给钱……"

呵,原来这主人是想卖门票的呀。倒也应该。谁规定我们有资格免费打扰人家?

我们返回,又一个台阶一个台阶地下去。左边的石台上,一个年轻男人光着上身,端着大碗正在吃饭。路过他身边时,我走得很慢,很想看看他吃的什么,可是石台很高,他也很高,我看不到他碗里的内容。饭食的气息也是陌生的,我闻不出来,心里怪痒痒的。我看着他,想着如果他看我,我就对他笑笑,和他打个招呼,可他只是一心一意地吃饭,认真得像个孩子。

再往下走,右边的门口出来一个老爷子,穿着淡蓝色的衣裳,很严肃的样子。他倒是看着我,我也看着他,对他笑着点点头,意思是:"您好!"可他还是很严肃,好像是我的上司或者老师,或者我是个犯过错误的人,绝不能给我好脸色。于是我灰溜溜地收回了笑。反思着自己:在他眼里,你也不过是个陌路人。既然是陌路人就遵循陌路人的角色,打什么招呼呢?走自己的路就是了。把你在外面学的花里胡哨的虚礼都收了吧。

回到车上,我和朋友说我的感受,她大笑起来:"我也对他笑了呀。他也是那个表情。你想想看,咱们两个都那么对他笑,他心里会怎么想我们,会不会觉得咱们都有病啊……"

是啊,和他们相比,我们都像是有病的人。其实,确实也都是有病的人。

又到了一个镇上。我们在街上溜达着,到了一个很气派的宅门口,几个老人安安静静地坐在那里,浅色的老式衣服外面都罩着深蓝或是浅蓝的围裙,干干净净,清清爽爽的。她们坐得端庄矜持,真是好看。我们就很没礼貌地对着她们拍照,她们没有任何表示,不笑,也不恼,只是任我们拍,淡定极了,家常极了,和她们的气度相比,倒显得我们都是没见识的人。后来我有些羞赧,收起了相机,试图走近她们,可是她们没有和我们说话的意思,我也只好放弃。她们只是那么看着我们,似乎我们这些外人在她们眼里没有任何稀奇,她们早已经看遍了这世上的风景。

还碰到一个小女孩,在一个村子里。我们吃过了饭将要离开,正在等几个跑到远处拍照的朋友,就在这个空当里,我看见了那个小女孩。她好奇地看着我,我也看着她。她的眼睛像一颗黑葡萄。我对她按下了快门,她笑起来,竟然跑到我身边,要求看照片。我给她看了以后,她笑得更开心。于是我又给她拍……正玩着呢,一个老人走了过来,看样子是她奶奶,要把她抱走。她不肯,求救似的贴近了我。她的小身体好温暖啊,我实在不能拒绝,就把她抱了起来。旁边的朋友就替我们合影。

然后,奶奶就开始讲起话来,语速很快,方言味道浓郁,我一句都听不懂。本地的朋友不在,也没有人可以翻译,我就无奈地懵懂着。看我不懂,奶奶就蹲下来,掀起了孩子的衣服,露出了她的肚皮:一道很大的伤疤扒在孩子的胸前。再结合奶奶说的一些词,我隐约明白了:这孩子有先天性心脏病,做过很大的手术。她父母都在外面打工,所以孩子只能跟着她……这孩子对外人的不认生是因为这病么?因为这病她小小年纪就在外面认识了许多陌生人,所以才会和我这么自来熟吧?

我抱着她,心里忽然难过起来。我想为她做些什么,可是又能做些什么呢?即使这么抱着她,我又能抱多久呢?我可以给她一些钱,可是给她一些钱又有什么意义呢?钱能代替她的父母亲么?而且,不知怎么的,我觉得给钱很像是对她们的侮辱。

我难过着。同行的人已经集合齐整,准备走了。我和她们挥手告别,上车走远。从后视镜里看着她们的身影,我觉得自己真是一个冷酷的、无耻的人。

在茶山上,见到了此行最大方的人——采茶人。男男女女,加起来也不到10个。女的大红,男的粉蓝。远远地看着他们在茶园里,颜色这样冲撞着混搭起来,还挺好看。看着我们越走越近,他们突然开始唱起歌来。走近后,看见他们一模一样款式的衣服,我明白了:他们都是演员,特意来为我们表演的。

他们很尽力地唱着,一个唱,另外几个就跟着和。我站在栏杆外的台阶上,看着茶园里的他们在表演,他们的茶篓子也非常小,简直就是一个象征。而且,茶树也都修剪过了,没有什么可采的茶,真是纯粹的表演。——忽然想起朋友的事,他去西双版纳玩,在一个佤族村寨发现佤族人穿的是汉族衣服时:"……我们就十分失望。但可爱的佤族兄弟们,他们是多么善解人意。一对夫妻马上花了一个小时穿上全套的民族盛装,款式繁复,色彩斑斓,每个细节都巴洛克式的执拗讲究。我们大喜,相机的快门啪啪作响,每个人都与他们合影留念。"

然后呢?

"然后,我们就走了,渐行渐远。那对夫妻也许已换上和我们一样的服装,烧火做饭。"

面对着这些为我们表演的可爱的人,我觉得深深的不好意思。

他们的声音嘹亮、粗犷,真是适合在这山野里唱。听着听着,我们几个就试图和他们呼应一下以示礼貌和欢乐。可是也真是心有余而力不足,只能等他们唱完一段喊"哦"的时候,我们也配上两声。可是我们的"哦"完全没有他们余音袅袅的韵味,就只是野兽似的大直嗓子,且非常短,尾音部分几乎没有,即使勉强延长出来也是虎头蛇尾,气若游丝,可怜极了。

在这健壮的山野里,我们都是孱弱的孩子。真是羞愧。

下了茶园,我们去长寿谷,走着走着,听到有悦耳的歌声。等了一会儿回头去看,还是他们。他们已经不再唱采茶歌,开始唱情歌。本地的朋友也动了兴致,开始低低地回唱起来。一唱一和之间,他们越发唱得好,一路有如泣如诉的溪流给他们伴着奏,听得我们心醉神迷。——虽然听不懂一句,但毫无疑问,全部都能享受得到。

晚上住在土家山寨,饭后散步到一个很大的亭子旁边,看到一群人在亭子里坐着,围着炉火在弹唱。弹琴的是个眉目俊朗的本地男子,笑的时候很洒脱,不笑的时候又有些忧郁,俨然是这聚会的灵魂。一群本地人围着他,看他调试着琴弦,一遍一遍地弹奏,便跟着一遍一遍地唱。他们用方言说着,笑着,窃窃私语着,或者静默着。这个时候,我无比明白:我们就是外人。也许,我们永远也进不到他们生活的内部去——凭什么呢?我们这些来去匆匆的过客,有什么资格进到人家生活的内部去呢?

不过,还能怎样呢?能这样和他们邂逅,已经很好了。

第二天,我们在路上碰到了那个弹琴的男子,他神情平淡,步履迅疾,目不斜视地向前走着,一副凡尘模样。

(载《山花·A》2014年第9期)

作者简介：

乔　叶,女,1972年生,汉族。河南省作家协会副主席,《散文选刊》副主编,中国作家协会会员。出版散文集《孤独的纸灯笼》《坐在我的左边》《自己的观音》《薄冰之舞》《在喜欢和爱之间》《迎着灰尘跳舞》《我们的翅膀店》等,出版长篇小说《我是真的热爱你》《认罪书》等。曾获河南省文学奖及第三届河南省文学艺术成果奖青年鼓励奖。中篇小说《打火机》获得第十二届《小说月报》百花奖。中篇小说《最慢的是活着》获第五届鲁迅文学奖。

感官五重奏

鲁 敏

出游,总是对感官的慰藉与酬劳——为了功利俗务或所谓理想,在持续的追求中,我们的触觉、嗅觉、视觉、味觉、听觉等诸多感官,疲乏、单调,它们渴求一次放空与补偿,去往一个陌生的地方,结交陌生的人,品尝陌生的饭食。便是在这样的背景下,春末夏初,我去往了贵州梵净山。

嗅觉:从满到空

去往梵净山是一个缓慢靠近、带有仪式感的过程——先坐3小时飞机到贵阳,再坐4小时汽车到印江县,到永义乡,到团龙村,到黑湾河,好像台阶一样,一级一级地走。这过程当中,景色与风情、气氛与节奏的变化自不用说,这里光说嗅觉一项。我一向对嗅觉十分看重,小说里也多次写过这样"有着敏感鼻翼、像蜂鸟一样张开"的人物。

贵阳,其实还是像大多数城市一样,空气里拥挤着仓促的、浑浊的现代都市之气。渐之,往东北的铜仁方向去,山水迢递,浑浊与拥挤就开始稀释了,从满到浅到空,大自然的恩泽开始显现,静默地,如温柔的手掌抚过舒展的大地,呼吸之间,新鲜的陌生的细腻的涌动而来,像羞怯的对视,像萌芽中的告白。我们好像连说话声也变细小了、秀气了,以便与这样的空气来配合。

稍晚,在永义,又碰上了微雨,空中又增加了更多的湿甜与清凉,通往心肺的深处。我有一个朋友,是肺科专家,她给我讲过许多关于肺部的细节,比如,像筛子,又有些像空调上的过滤网,孔洞里布满灰尘与积垢。永义的微雨中,想起这么个比喻,我连忙跺跺脚,清清嗓子,大声呼吸、用力呼吸——一边一厢情愿地想着,但愿那筛子或过滤网可以为之稍清吧。

最美妙的则是次日清晨。我与同伴,当然还有我的小说人物,那位嗅觉灵敏的朋友,我们一起在山脚下散步。远观山顶,云雾茫茫,近看诸物,晶莹剔透,连树杈间的蜘蛛网上都有露珠滚动。这时的空气,是最为上等最为纯净的了,以至于我们根本无法觉察其存在,再怎么鼓动鼻翼,也是一片既令人满足又令人惆怅的空白,这就像最深沉的爱恋,最虔诚的修行,到某一个程度,是失去存在感与具象感的。

我们在沉默中走了很远,用心品味这样奢侈的呼吸,奢侈的不仅是呼吸,还有一种散淡感、去功利感,似有茫然,又有顿悟。空的呼吸,空的境地,空的释然。这样的滋养,不独于污浊的肺,更于疲惫的心、于整个奔波的生命。

这短短半个时辰,也许我会记得半辈子。

视觉:古旧与天真

视觉不需要任何特异功能,一双妙目即可。梵净山处处可圈可点,青山绿林,涧水流石,云雾仙境,皆可入画,尤其是云雾之美,从缆车之上极目观望,比记忆中的黄山云雾更为浩渺,更为浓厚,这样的云雾,就是当真走出几位仙人、几位童子来,似乎也是毫不奇怪的。

山上之景,想来早已获得众人夸赞,但山下之景,亦是大有看头,如果习惯性地做一个概括的话,我愿意选这两个词:古旧、天真。

通常意义上的古旧二字,或许是贬义,但在旅游资源中讲,便是值得稀罕的气质。中国现在盛行乡村游,这股风气之下,乡村的气质开始发生了表演性、包装性的变化,过分的整齐、刻意的梳妆、讨好的周到体贴,到处都是一副开门待客、赚取银两的样子。幸之,梵净山周边的村落,还留有古旧与天真。

梵净山下,有永义、合水、新业、团龙等村镇,如棋子星散,眼光所见,总是木头、石板、瓦片、茅草、溪水、廊桥、水车、灶台、土豆、玉米地、杜鹃树、黑狗、篱笆……十分原生态。更可爱的是满墙的乡村标语与宣传画,既带有20世纪的语感,又兼具时下的时政要义,画风拙朴、心直口快、朗朗上口,惹得大家喜不自禁拍个不停。这种乡野特色,无法简单地用好或不好来形容,它就是一种坦荡的真实,像村姑脸上两坨风吹雨打的腮红,朴素、美好又令人感慨。

这里有许多老屋,有的年久失修,显出残败,有的却生机盎然、使用至今。我们一行人,冒失地跑到一户人家的堂屋去拍照,只因这家壁上有一处历史久远的木刻,朱红色的一枚"福"字,约有两百多年。家中的三两个妇女,有的在廊下拣菜,有的在灶间烧火,其中一位老妇人,搬了几条长凳,操着有些难懂的方言邀我们坐下歇歇,她再接着去忙她的,非常自在、旁若无人一般,听凭我们来来去去——这种古朴散淡的山人风度,殊为可爱。

再举一例为证。在合水镇,我们观看有名的蔡氏古法造纸,其中一个步骤,是借山溪流水牵动大水车转化成动力,用以捣碎构树树皮。我们去的时辰巧,正碰上一位中年男人在河边的茅草棚里进行这一古老劳作,一群人立即兴奋地扑上去,各自举起相机手机,高高低低远远近近好一阵子猛拍,同时啧啧赞叹议论纷纷。而这位劳作的老兄,白衫黑裤,置身溪水一畔,头顶半片茅房,清风徐来之中,愣是从头到尾一言不发、动作一丝不苟,连头都没有抬半下,简直如正在修行的世外散人一般。

这样的旅行观感,其实已经越来越少了,尤其在沿海省份的乡村,大部分情况下,游客还没有靠近呢,诱说表演宣讲之态已跃跃欲试,叫卖拉拢劝说之辞更是四处响起,简直叫人无法招架,似乎不买点儿什么便是罪过。两相比较,更觉这里古风陶然,令人敬畏。

味觉:掉进糯米缸

因湿气较重之故,此地饮食偏好酸辣,善制各类熏肉,又善产优质糯米与各类豆制品。上述种种,只讲一样——我天生馋爱糯食,到了这里,真等于是小老鼠掉进了米缸,还是糯米缸呢!

在村落里吃饭,主人热情拿出接待远客贵客的热忱,除了桌上的大盘大碗,诸如金豆腐、绿壳蛋、土山鸡、野菌子以及名字都叫不出的各种树皮菜、地野菜之外,更连主食上也翻新花样。端上来的,可不是普通的米饭,而是糯米饭,也不是普通的糯米饭,里面还有料!前后几日,我共吃过三种,一是与土豆同煮,土豆之香与米谷之香,你中有我,我中有你,喷香无比,尤其是靠近铁锅边缘的微焦部分,土豆的糖分有所渗出,凝为黑黄,饭粒也随之结为锅巴,二者融合,又脆又糯,实为至味!我与另一朋友,二人同怀鬼胎,为了找这样的土豆锅巴饭,把盛饭的器皿给翻了几个个儿。第二种是与猪肉同煮,讲实话,这真是太豪气的做法,猪肉乃精选之品,肥瘦得当,已十足入味,肉油与酱汁的浸泡与长时间焖煮使得糯米饭团粒粒晶莹油亮,肥厚富足,筋道带汁,香得几乎舍不得嚼碎,齿间流连,一吃三叹!说句不怕见笑的话,这样的饭,一根菜心都不要,绝对可以白吃三大碗。第三种是与熏肉同煮,贵州山地的熏肉是吊在火塘之上长日烟熏而成,形与色偏暗,有些土土的原始面目,切成小粒与糯米同煮之后,又增添了一种五香的口感,其中肥肉的部分更近乎透明,溶入白米粒,滋味混杂,兼有柴火气与日月气,好像吃的不是这一顿餐食,而是无数个雨落黄昏、烟升火塘、心事沉沉的漫长年月。

除了掉进糯米缸,还得补记一笔猪头肉。永义乡有一处树龄1300多年的紫薇王,当地人奉为神灵,常去拜谒求佑。我们在时,恰逢一家老小在此祷祝,供奉之物为两只披红着绿、黑黑壮壮的大猪头。我们只管看热闹拍照,主家拜谒完毕,竟然即刻开始割食供物,并热情邀请我们同食:说是分食的人越多,祷祝会越灵验。一干人全都赤手空拳,主家只凭一把薄刀,在猪头上切切拉拉,在场几十号人便人手一块,毫不客气地开心大嚼。那面目粗犷的猪头在完成了供奉使命之后,只十来分钟就变成了一副头骨架,完成了它的第二个使命:舍身一饱众人口腹!高天深山之中,面对千年紫薇王,赤手大啖热乎乎的猪头肉,这是实在难以预料的经历!那种原始的香气,豪放的吃法,众人同乐的场景,实在不负天地之灵。

触觉:小木屋之夜

印江山区多木,许多寨子便是因地取材、因地制宜,搭成各种木屋,也许生活上并不特别便利,但对游客而言,这样的投宿经历总是有趣和别致的。在石板寨和黑湾河,当地的酒店都是院落群集式的小木屋,便于游客集散,可独住,也可团队包下一楼,也可二三好友共室。

木屋有几个特点,一是有森林质感。久居都市的人,对自然总有饥渴,进入山脚下的小木屋,推窗见山,出院入山,有种住进大森林般的心理暗示,更有格林童话般的神奇与穿越感,此种放松与愉悦,恐怕抵得上一百个心理医生或一百篇心灵鸡汤。二是有木头香气,这个自不待言,床、地板、墙壁、门板、扶栏、楼梯,包括卫生间,通通为木头,木香纯粹,淡淡入鼻,以手抚摸,亲切温润,真有说不出的感动。三有吱吱木响。哈哈,小木屋完全不隔音,某人打呼噜,某人打手机说情话,某人酒醉敲墙,某人深夜谈人生,统统整幢楼清晰可闻,就连你半夜起身看山头的月亮,那吱吱吱的脚步声也会响彻整个院子。有趣不?

深夜寒气渐重,小木屋旅舍的大堂里,老板娘升起一堆火来,火上"嘟嘟嘟"烧着一大罐子泉水,大家拱手团团相坐,泡上本地茶叶,长夜闲聊,那真是天下头一等快事。炉火热烘烘的,烤着膝盖,人们的脸庞开始发红出汗,看着外面黑乎乎的夜色,奔腾的时间似乎就此停留了,脑中的万般欲念也就此停留了。一位本地的老奶奶,八十多岁了,也挤在我们中间低着头打盹。遥想千里之外,大屏幕股市滚动,十字路车轮滚动,点钞机上钞票滚动,人们还在万丈红尘中争名夺利,此处与彼处,那个我与这个我,到底哪一边更为真实、更为贴近内心、更能亘久地存活于这样的人世间?

听觉:侗歌弹唱手

梵净山周边的山民都有一把好嗓子,采茶他们唱,走山路他们唱,谈情他们唱,祷祝他们唱,嫁娶喜庆也唱。当地人唱歌,态度明朗,双目含情,直爽而又温柔,就连腰身滚圆、皱纹横生的老大妈老大爷也都中气十足,更在歌声中显出一种特别的妩媚。包括陪同我们行走的一位村中书记,也是歌唱好手,几位采茶老大妈对着他连续叫板,他稍稍走远一点,亮开嗓子便对,惹得我们大为赞叹。

在梵净山下的那一晚,我们更有机会听到一群年轻山民弹唱侗歌。是晚上七八点钟的光景,在游客中心大广场的露天火塘处,围坐了一群本地居民,也有我们这样的游客散坐其间。一位面色黧黑、五官分明的瘦高个男子手捧一种类似吉他的乐器正弹得欢快,一打听,这叫侗琵琶,音色铮然,生动活泼。他周围是五六位男歌手,他们对面则是七八位女歌手,说是歌手,也不恰当,其实都是村民,穿着随意,白天可能有各自的活计与营生,晚间则聚到一处,唱这些流传下来的、略有改良的侗歌。一半为自娱,一半为娱客。我们一直盯着这位男歌手看,歌唱与弹奏似乎使他获得了某种特别的魅力,他调音、他试谱,他放声歌唱,他皱眉不满,每一个动作都很自信、迷人。这般单纯的情感、直白简捷的表达,在都市男女的情感游戏中是早已流逝不可追了。

他们当晚所唱的歌叫作《久不见郎心发慌》,两个声部彼此应和,男声低回温柔,女声则带着自信的挑衅;男声热烈大胆,女声则又婉转深情。我们虽听不懂歌词,却一样感到心有触动、惆怅含情。也可能跟这样的夜色有关:火塘的火光发红,红中带橙,附近的高塔也轮流变幻出蓝色紫色黄色的照明,为每一个歌者的面庞不断调色,加上忽浓忽淡明灭摇晃的烟雾,使得我们面前的这一幅侗歌弹唱图,有了一种魔幻主义的后现代色泽了。

（载《文艺报》2014年7月7日）

作者简介：

　　鲁　敏,女,江苏省作家协会副主席,中国作家协会会员。出版中短篇集《九种忧伤》《回忆的深渊》《墙上的父亲》《伴宴》《取景器》、长篇小说《亡人的晚餐》《此情无法投递》等。曾获鲁迅文学奖、庄重文文学奖、人民文学奖、中国作家奖、中国小说双年奖、《小说选刊》读者最喜爱小说奖、《小说月报》百花奖原创奖,入选《人民文学》·未来大家TOP20、台湾联合文学华文小说界〔20under40〕等。多部小说入选中国小说学会历年小说排行榜及中国小说年度精选本。并有作品译为德、法、日、俄、英文。

梵净山时光

沈 念

对一座山的认识不仅仅是需要时间。有的人一辈子也走不出山的环绕,而有机缘的外来者能一瞬间洞察山的秘密,触摸到山的脉搏。

比如眼前,梵净山,有一个素雅、清洁的名字,似乎能安抚每一颗浮躁的心灵。当我们这群漫游者,谈笑风生地从各地于此相遇、走近她的时候,内心的震惊,一下掉进了失语的深阱。我也曾想象,那些在时光深处存在过、如同我一样的人,都在这里完成一次未谋面的相遇。呼吸过梵净山的空气,畅饮过梵净山的山泉。或者,被纷繁复杂的世俗生活所搁浅的人们,记忆在这里打上马赛克,成为生命之中的盲区。

1

凌晨五点左右的雷雨交加,把我从酣睡中唤醒。外面天色模糊阴暗,所居住的客栈,是一座四合大院,院子里有一人工水潭,取名养生池,很巧妙地告诉我们,到了佛教圣地,一切言语都会有神灵的向导。按照规划建制的木质结构房子,屋顶是石质砖板垒叠,从屋檐垂落的水声格外响亮。不隔音的楼板,传来同行者的辗转与轻叹。

晨光在雨声中绽裂。客栈内的人陆续起床,雨不依不饶。仿佛无休止的雨,真会成为阻挡我们完成一个仪式的羁绊吗?近在咫尺的梵净山,是以怎样的理由拒绝我们的朝拜。心迹不一的我们,都翘首以待一个神奇的诞生。

2

对这座佛教名山的景仰,来自于它顶着"天下众名岳之宗"的光环,还有梵刹庙宇云集,诞生"四大皇庵四十八脚庵"的记载。发轫于唐宋,兴旺于明清,万千善男信女天南海北接踵而至,梵净山在时光深处走出一道庞大的背影。

这道背影被光照出诸多褶皱,褶皱里藏着无数惊喜。几天来,我们就跟随着梵净山绵延的身躯,在山脚下盘桓。从印江的朗溪、合水、永义、新业、团龙到黑湾河,这些陌生的地名,马不停蹄的行走,帮我们完成了仪式之前的情感积蓄,又在夜深人静的时刻开始在心灵的底片上显影——沿着青石板路,土司遗址上所剩无几的建筑,在嚼食人间烟火中依然保存着那份古朴。历百年风雨的兴隆桥,经年不息地听着细水长流的喜怒哀乐。蔡氏古法造纸的72道烦琐工序,把时间包装进一沓沓轻薄的纸张之中。还有梵净山西麓孤独守望了1380年的紫薇树,树冠荫蔽,筋骨嶙峋,只开花,不结子,不繁衍,中国唯一仅存和34米的高度让人万分感慨……

更让人感到一种神秘力量潜伏的是,抵达山脚下这片旅游村寨时的那份宁静、旷远、沁凉。由远而近,将我紧紧裹住。黑湾河的水清澈冰凉,拐弯抹角地从山的深处出来,撒开千万只脚丫子在凹凸不平的石滩上跑,奔赴远方的聚会。视线无法企及的远方,只能在脑海中浮现。抬头可见的是山上的绿,层层叠叠,颜色参差,仿佛是无数支油彩笔长年累月地在梵净山这块画布上均匀地涂抹,又似变幻的时光在这里完成的最纯粹的一次剥离与积聚,绿色的聚变。

而这一切,都只是朝拜梵净山的前奏。

3

客栈老板一个电话,帮我们打探到"山上天气晴好"。一下子扫去蒙在心头的阴霾,刺激我们内心的初始愿望。冒雨出发,披云戴雾,去登临那山巅之上的金顶。

时间的紧凑,让我们选择了25分钟的缆车车程。山上雨停的时间不久,雨珠还悬挂在透明的车窗上。一颗雨珠折射出一个不同的梵净山。窗外像影片一般地变换着不同的景色,同行的本地朋友拉拉杂杂地谈论着梵净山的乳名、轶事,絮叨着山上金顶周围分布的万卷经书、蘑菇石等奇特岩石景观,还有云海的壮美、佛光的神秘。

山上天气并未完全晴好,云雾大军压阵,拥挤在山谷,又缭绕到山腰之上。视域里的茫茫林海,时而清晰可见时而隐藏模糊,摇荡成一片片厚薄不同的绿色。缆车在某一时刻仿佛静止在高悬的空中。当景色被山雾遮挡,就焦急缆车的缓慢,而到云开见日、云海翻腾的壮美远离时,又叹息行进得太快。

迫不及待地下缆车,站在观景台上定睛瞻望,缠绕远处山腰的无际白云,如朵朵妖娆绽裂的棉花,被云幕深处的阳光穿越,光亮而灿美。飘浮近处山脚的云雾,像清溪中的薄洗轻纱,伸手即可捞起一缕芬芳。偶尔有尖尖的山峦,耐不住寂寞,挣跳出云海,露出一角峥嵘。

没有人说得清这座山到底收藏了多少时光的秘密。栈道两旁的宣传牌,向人们揭示更多的不为人知。庞大的山体,2600余种生物种类,在这"一山有四季,上下不同天"的地方共生共死。珙桐、鹅掌楸、冷杉、香果,这些濒临灭绝的树种,混生在成片的杜鹃树之中,与那些隐没大山之中的动物昆虫声息相闻。有"世界独生子"之称的黔金丝猴,被统计全球只剩750只左右,也仅生活在这里……还有太多不该省略的生命个体,时光在它们的身体里储存,也被它们消费。在这生命的大舞台上,腐烂与新生,繁荣与枯谢,大自然的鬼斧神工、妙手天成,让人类的一切艺术创作都黯然失色。

"隐藏一片树叶的最好地点是树林。"博尔赫斯的告诫,在梵净山无须验证。如果不是那一条条被无数双手脚开辟出来的栈道,一个外来者都极其容易消失在这片丛林之中。

4

一路向上,前方是声名显赫的金顶。我们互相鼓动着开始上行,尽管前两天的劳顿为前进的脚步增添了几许沉重,但金顶散发出的磁力,足够让我们不轻言放弃。弯曲的人工栈道,有的是木塑板铺就,有的是依山就势凿成的石道。山上的冷风,把雾团吹过来,缠到我们的发梢上,挂成一行行湿珠,手指轻轻触碰,它就落地碎裂。

时间不起波澜,仿佛已经凝固,我们的脚步走在它的前面。几经辗转,先到达的是蘑菇石景点。天气陡然阴霾,只看得到灰蒙蒙的石影坚强地矗立在那里。我们小心翼翼地走近,留下一张张灰蒙蒙的影像。雾气越来越浓,同行者中有人打起了退堂鼓。那些缥缈的雾气缠住了脚步,额头、前胸、后背、手臂,每一寸肌肤都像春天受潮的墙角,渗出细密的水液。体能的下降,对攀登者是一次考验。"不到长城非好汉"的气概横亘心中,一小队坚持者继续前往最后的高地。

90余米高的金顶,却是在海拔2493米之上。这两个数字,看似那么不对称,但它们被大自然神奇地叠加到了一起。

上行的栈道越来越窄,越来越陡。在岩石丛中弯绕,一不小心抬头,就会碰着前面一个人的脚跟,或者犄角似的石头。雨雾垂挂在岩石缘边上,饱满地砸落在我们头顶、脖弯。不规则的石阶呈现出不同形状,有的窄处仅鞋尖借力方可踮过。这真是一次没有退路的攀爬。防护的铁链,此时变成了攀爬者的攀绳。铁链上的水珠与人的手掌摩擦,散发出浓烈的铁锈味。也就是这不到百米的高度,我们格外谨慎,仿佛走了很久。

当前行者站在金刀峡朝我们呼喊时,他的声音从峡缝中跟着石头上的水珠一道散落。金顶就在头顶,我们加快脚步穿过那条逼仄的峡道。金刀峡一劈而就,金顶从此一分为二。始建于明朝的释迦殿、弥勒殿左右侍立,而横跨连通两殿的天桥以及殿后的两块巨石——晒经台和说法台,组成了梵净山绝顶之上的独特风景。

5

面积拘谨的金顶之上,云雾迷蒙,风驰呼啸,湿漉漉的呼吸滋润肺腑。环顾两大宝"殿",空间摆设很小且简单,一尊像、一神龛、一香烛、一功德箱、一僧人。这样的简陋,让人生发出一种难以言述的心情。与我曾走过的另外一些佛教名山、寺院相比,因为散布的广袤和地势的艰难,梵净山的香火显然有些偏于清冷。清冷带来的远离,不能不说是一种保护。再转念一想,朝拜的香火烧到了云天之上,历经云雨变幻的攀升,"会当凌绝顶"不是神祇对朝拜者的另一种点化吗?

殿后各倚靠着一块巨石,石壁石缝上开凿出千疮百孔的"时光花朵"。风霜雨雪、登者肌肤的触碰、摩挲,让它变得更加坚硬和沧桑。凝眸长久,仿佛从沉睡在岩石之上的时光中,看得到历史光影深处前赴后继的跋涉者。从何而来,为何而来,千言万语的叙述,都抵不过石头的片刻沉默。

风紧一阵慢一阵地刮过来,一同上来的当地朋友手指画着圆圈描述,夏秋时节,雨后天晴,若是有缘人,能看到佛光。我们缘浅,只能想象佛光的模样,金光灿耀,光芒万丈,梵净山绵延的山峰和广袤的层林,都能在那一刻被照得通体透彻。幡然之间,我顿悟到,对每一位佛门内外的人来说,千辛万苦的跋涉朝拜,不都是对心中佛祖真容的追觅。金色肌肤,仪容整齐,目光清净,浑身散发祥和的气息,而观瞻佛祖真容远比观照内心要容易得多。对外表的执着不仅令普通人烦恼,也同样烦恼着那些想要从红尘中解脱出来的修行者。

在时光的千万种方式里,每个人都是唯一。

6

　　下山已是午后。景区出口,有一个正在展出的国际摄影展。那些为完成一幅作品而苦苦守望的摄影家们,以各种色态的光和影向人们展示出梵净山不同季节、时间、地域的样貌。其中一幅影像摄于清晨:朝阳从山那边喷薄欲升,远景的梵净山呈现出三座弥勒像并列的景象:老金顶是弥勒坐像,新金顶是金猴朝拜弥勒像,三大主峰相连则是长达万米的大肚弥勒卧像。讶异再一次奔袭我而来。

　　山即是一尊佛,佛即是一座山。

　　佛的存在是和谐,是万物共生,我想,梵净山存在的意义就蕴藏其中。对一座山的认识在这一刻清晰呈现。

　　体力透支消耗后的饥辘,在回眸之际,被山谷涌来的风吹散。梵净山以另一种方式向我们告别——太阳刺破云海,晴空一碧万顷,它在我们眼前发出庞大的摇摆。我告诉自己,那是一个朝拜者在路上行走时的摇摆,更是时光的摇摆。

　　属于梵净山的时光摇摆,呼吸凝滞,又瞬息万变。它日复一日向那些跋涉者,如此般敞开内心深处从未改变过的秘密。

(载《文学界》2014 年第 8 期、《散文·海外版》2015 年第 2 期)

作者简介:

　　沈　念,男,1979 年生,中国作家协会会员,国家一级作家,湖南省作家协会理事。在《十月》《大家》《天涯》《中华文学选刊》发表小说、散文近百万字,出版有作品集《时间里的事物》《鱼乐少年远足记》,曾获湖南青年文学奖等文学奖励。

谁留一匾誉千秋

孙春平

车出贵阳,一路西驰。先是高速公路,可过了遵义城,就上了国道。毕竟是西部待开发的省份,即使是高速公路,比起已腾飞起来的东部地区,也还差着一个档次,有很长一段还是双向两车道,路中间甚至连隔离带都没有,高速的标志只是路两侧设了封闭护板。但时代的进步还是令人欣喜的,想起二十年前我来贵州时的连日颠簸,真是已经非常幸福了。

地无三尺平,似乎是人皆有之的对贵州的印象。满目青山,峰盘路绕,山坳里的村舍炊烟,石缝里的翠嫩秧苗,还有路边的牛哞犬吠,纯粹而古朴的田园风光真是让人心旷神怡。专程赶来贵阳陪同我们的朋友一再歉意地讲,到印江是420公里路,要跑一整天,真是辛苦大家了。我们这些爬烦了稿纸格子的书生们则说,行万里路嘛,难得。

印江是土家族苗族自治县,地处黔东北,属铜仁地区。到了夕阳晚照时分,扑入眼帘的地貌发生了明显的变化,云贵高原上的丘陵变成了满目大山,高峰峻岭,连绵不绝。路况也越发复杂,盘山路七折八拐,我的朋友中有开了一二十年汽车的,都有些晕起车来。

400多公里的路,跑了整整9个小时,贵州大山真是给我们留下了深刻印象。同样留给我们深刻印象的还有印江人的热情,下车洗尘:便端出了让国人骄傲更让贵州人自豪的茅台美酒。那一夜,我们都睡得十分香甜,曾经急切的对印江的想象都变成了梦中的神往。

印江原为邛江。元明时期,朝廷统治集团为稳定西南局势,在西南地区广泛推行土司制度,这里隶属思邛江长官司。明弘治七年(1494年),苗族农民不甘压迫,揭竿而起,夺了长官司的军政大权。军报传到京城,也不知是弘治老儿一时慌急,还是老眼昏花手腕颤抖或对邛江本无太深的印象,竟御笔亲批,废除长官司,改置印江县。邛与印,二字之间只差那么一点点,但既是皇帝钦批,也就因错就错,延至今日了。

第二天,我们先去县博物馆参观。县城虽小,却整洁,也繁闹。在古色古香的博物馆前,绿茵草坪上赫然耸立着一个高达丈余的石雕塑像,一袭布褂长衫,瓜皮帽,脑后拖着长辫,颏下一缕长髯,飘飘欲动。引人注目处,是他手中悬着一支如椽之笔。一方水土养一方人,一方人有一方人的骄傲,想来这个人物必是印江人心中的偶像了,凭他脑后的那根粗长的辫子,必是清时人物无疑。再细看雕像座基上雕刻的文字:严寅亮(1854－1933),果然是生于清末逝于民国的人物。敝人才疏学浅,猜想能让后人塑像在此的,定非等闲人物,却又碍着脸面,不敢贸然暴露自己的浅陋,只好心里存着一份悬念,随大家走进馆里去了。

及至见到馆内陈列的"颐和园"仿制匾额,我才大梦初醒并为之怦然心动。凡我中华之人,还有谁不知那个昔日的皇家第一园林?凡去北京旅游者,除了天安门和故宫,可能就是她了。昆明湖,万寿山,湖中石舫,千米长廊,那个人间仙境的匾额原来竟出自这边远穷僻小县的一个文人之笔呀!前两年,看电视连续剧《走向共和》,剧中浓墨重彩地渲染慈禧为了庆贺自己的六十大寿,竟不惜动用北洋水师的军费,终酿成甲午海战的惨败。我清楚地记得屏幕上的慈禧和光绪皇帝都在一遍遍地挥毫习字,专写那"颐和园"三字,原来最终高悬于园门最显赫处的烫金三字,却是印江寻常一书生啊!

据《印江县志》载:严寅亮,字剩庵,名碧岑,号弼丞,本县农场乡阳坡村人……清咸丰四年甲寅(1854)生。少年学习文墨,刻苦用功……光绪十六年(1890)到北京会试(考进士)未中,习业于国子监。……光绪十七年(1891)九月,朝廷修建颐和园竣工,向全国征集书写"颐和园"匾额,各地书法名流争相献书。因慑于帝后尊严,大都构于恭汉,故其字工整有余,风韵不足,慈禧亲自评阅,概不中意。严寅亮受皇亲权贵庆王的嘱谕,也恭书呈献,欣然中选,并为园内楼台亭阁题写了部分匾额和楹联,均得到慈禧赏识,给予嘉奖,赐以龙纹饰边的"宸赏"玉章一枚……

我不懂书艺,但凝目端详,那"颐和园"三字雍容富贵而不事张扬,四平八稳中透着泱泱大国的沉稳与平和。我于书法是门外汉,但那慈禧却是懂的。据史料记载,慈禧自幼并没读过几许经史之书,但却聪明过人,不然后来也不可能擅专朝政误国害民,她不仅自习书法,而且还学会了赋诗作画,书画诗文虽难称一家,却也还入得法眼,不至贻笑大方;那傀儡皇帝光绪肯定也是懂书法的,皇族子弟自幼有高人指教,那年月又不使钢笔圆珠笔和敲电脑,一个整天挥毫的人再怎么冥顽不化,一笔字总还说得过去,这也有光绪留下的墨迹为证;尤其是国内那些书法名流也肯定是懂的,他们要指靠一笔字谋生吃饭,若"颐和园"三字难入法眼,即便是老佛爷指鹿为马颠倒黑白,怕也终有人要说咸道淡,那烫金匾额也难经风沐雨一悬百年的。

由此,不由人不生出一些联想。那沽名钓誉飞扬跋扈爱出风头的慈禧为什么不学学康熙皇爷书"避暑山庄",在专为自己庆寿的园林大门上亲笔写上三个字呢?她为什么要在天下广征匾额又"概不中意"呢?如果抛却她擅权卖国至毒至恶的一面,是否可以说,起码,在这一点上,她还算颇有自知之明的。她既知自己的字难为这皇家园林锦上添花,也不迷信于那些"构于恭汉,风韵不足"的书法名流,而是欣然赏识于"尚习业于国子监"的一普通布衣。县志载,严寅亮在中举人后,最高职位不过是"候补知县",后来,他考进士再次落第,回贵州教书,出任的最高职位也只是龙里县知事和国民党贵州省顾问。人不尊而字尊,字贵了人也并没随贵,史料中便是这样记载的。

由此,便不由得再联想时下日新月异的楼堂、馆舍建设,有多少恢宏建筑的显赫处,留下的不是当权者的"墨宝"？甚至在一些名山大川,一些当权者也要在绝壁悬石处留下"到此一游"之类的滑稽题字。若是那字那词真有些风骨神韵能给楼堂山川添光添彩倒也罢了,偏又横不平、竖不直全无章法让小学生都为之耻笑,相比于慈禧的征匾之举,真令人为之汗颜,不知该评说些什么了。

一匾千秋,自有公论。严寅亮一介布衣,为家乡印江人民赢得了骄傲,也让许多中国人(不排除外国人)记住了他的名字。印江境内的梵净山很雄伟很神秘,印江的民众很勤劳很好客,如果你有机会也来到黔东北的这座小城,站在严寅亮的雕塑面前,不知是否会跟我一样,也想起很多很多呢？

（载《海燕·都市美文》2005年第8期）

作者简介：

孙春平,辽宁锦州人。1985年毕业于辽宁广播电视大学中文系。1968年赴辽宁省兴城县元台子公社插队务农,1971年后历任锦州铁路局工人、共青团干部、党委宣传干部,锦州市文联副主席、主席,专业作家,文学创作一级。1975年开始发表作品。1990年加入中国作家协会。中国作家协会第六届全委会委员,辽宁省作协驻会副主席。

万卷经书——戴恒树 摄

吊脚楼——甘述华 摄

普同村水山嘉会摩崖——甘述华 摄

朗溪孟关村凤竹路摩崖——甘述华 摄

朗溪封火桶子建筑群——甘述华 摄

梵净五月杜鹃红——王文 摄

依仁书院——戴恒树 摄

千年紫薇王——周盼祖 摄

印江的另一种植物

唐 涓

已经到了初夏,对于青藏高原,夏还只是正午时分露出的眉眼。一天中的大多时光,大地的身躯依然包裹在严实的春装里。凌晨5点,我赶往机场,整个城市还深陷在蒙眬的睡意中。空旷的街道上,只有环卫工晃动的身影和我的行李箱滑过路面坚硬的声响。几小时后,当我降落在重庆江北机场,世界瞬间转换成了另一番图景。扑面而来的短袖长裙中,我的厚毛衣外套和脸庞上阳光的色泽明示了一个人的地域特征,望着这个著名山城层层叠叠的楼宇,我感觉海拔的差异已不再是唯一的理由。

从重庆北站坐火车到铜仁,是一段我重复的路途。绵延无尽的山洞和忽明忽暗的光线令旅途变得十分虚幻。几年前,沿着同样的路线抵达乌江岸边的沿河县,那是一次温暖的行走,其民俗与人情迄今在我的记忆里清晰可见。而此刻,印江的容貌又悄然而至,安静、淡定,恍若一泓透明的水,点点滴滴地浮现在我的视野里。但印江却不是水,它只是贵州省辖内的一个县名,因为依偎着佛教名山梵净山,让人们无法忽略。从印江驱车去大名鼎鼎的湘西凤凰,不过也就两个小时。印江朝夕沐浴在这样的气韵里,难怪是如此的雅致。

长期生活在青藏高原,目光储存的景致大多是草原荒漠,与印江山水间的草木葱茏大相径庭。也许出于对民居建筑特别的偏爱,在印江,那些掩映在山水怀抱中的民居建筑无时无刻不在打动着我。可以说,民居是大地生长的另一种植物,大自然的不同生态造就了民居万千姿态的美。很难想象,从轻盈灵巧的吊脚楼走出的印江人,面对我们黄土地上敦实朴拙的庄廓大院时,会是何样的感受。庄廓是青海方言,也就是四合院,是青海河湟谷地最典型的民居样式。那里取之不尽的黄土是它主要的建筑材料。高大厚实的黄土院墙围拢的庄廓外观呈正方形,站在高处向下俯视,就好像一枚巨大的黄泥大印。当然,印江土家族吊脚楼同样令我惊讶,它山多岭陡的地貌孕育出了这个特有的民族符号。在印江的朗溪、合水等地,一些从时光深处走来的吊脚楼依然缭绕着日常生活的烟火。印江林木繁盛,就地取材的木,便是吊脚楼的灵魂。起源于远古时期的中国传统民居,"木"是永远的经典。在所有的建筑中,我依然钟情木制的屋宇。尽管现代化的建筑材料离它远去,但木制却代表了一个时代,一个在中国建筑史上璀璨辉煌的巅峰。木制建筑质地温润柔软、曲线优美诗意,飘溢出泥土与阳光的清香。居住在木制的屋宇里,你的肌肤触摸到它的肌肤,立刻会感受到一种来源于大自然的生命信息。

　　来到印江,亲眼见识了"地无三尺平"的地貌。但聪慧的印江人却拓展了向上的空间,并在吊脚楼上将自己的审美情趣挥洒到了极致。顺山势搭建的吊脚楼自然轻巧,架设简单。无须挖地基、垒院墙。相对遍布大江南北村落里高墙耸立的深宅大院,隐去了奢华与封闭,其通透敞亮令人赏心悦目。南方多雨多木,空气中云游着充裕的水分,因而隔潮透气的吊脚楼便应运而生。吊脚楼的悠远历史可以追溯到远古的原始社会,漫长的时光里,这种被称作"干阑式"建筑遍布西南的少数民族地区。木制的吊脚楼主体结构基本近似,但不同的地域和民俗又营造出独有特色。印江土家族吊脚楼大多依山傍水,二层或三层的空间里,厢房、回廊、木梯、阳台、栏杆等巧妙组合,附加以青瓦屋面,轻翘檐角,衬托在青山绿水间,真让人领悟到天人合一的美妙。

两天印江匆忙的步履,没能走进吊脚楼仔细端详。其实,那吊脚楼里,我钟情的还有美人靠和火塘。遐想靠在美人靠上,不管是不是美人,托腮沉思,都自会有种落寞或怅然的美。火塘更不用说,它是吊脚楼里的核心所在。从家庭,到神灵,再到文化,火塘早已被赋予了民族的象征意义。我曾极其迷恋这样一幅画面,温暖的火塘,飘散香气的茶罐,袅袅烟火的上方吊着一串串鱼干和熏肉,而我就围坐火塘旁,和主人一家喝茶聊天。那是吊脚楼里真实的百姓生活,不是那些带有商业表演的旅游客栈。但遗憾的是,这样的画面我却从未走进过。在印江团龙村,我去一个茶姑家购买慕名已久的梵净山绿茶,在那栋漂亮的木楼里,我见到了心仪的火塘,不过并没见到有火星闪烁。茶姑解释说,这是她们家新盖的家庭旅店,专门接待来此度假的游客,自己一家仍住在先前的旧屋。团龙村坐落在梵净山脚下,青山翠林,泉水潺潺。这个天然的大氧吧,足以诱惑长期生活在缺氧地带的我。同时,天生丽质的团龙村还存留着原汁原味的民俗文化。我看见一些年代久远的土家族吊脚楼里,依然延续着家族的血脉。午餐是在团龙村品尝的农家饭,十分可口,没有我预想的辛辣,特别是细嫩的新鲜竹笋,是我在高原无法品尝到的。那一刻,我真想停下脚步住下来,细细体味这里的风土人情。我曾经从铜仁前往凤凰古城,沉醉于沱江边上的吊脚楼,夜晚躺在吊脚楼的木床上辗转反侧,哗哗流动的水声似乎就从枕下穿过,忍不住琢磨那些细脚伶仃的木柱,是如何将楼体支撑了那么久长的岁月。同样,印江的吊脚楼大多也是将底层架空,既能防潮防虫,又可以放置杂物,圈养家畜。虽然材质不同,但实用功能和青海藏地的碉房颇为相像。藏地的石头碉房倚山而筑,背风向阳,三层的布局里,底层也是牲畜圈和储藏室。碉房是藏民族独具匠心的建筑,造型优美,气势雄浑,放眼望去,远处是圣洁的雪山,脚下是碧绿的草原,门前是飘动的五色经幡,这样纯美的画面,也一定令你惊心动魄。从某种角度来说,民居的风格也映照了民族的性格。

封火桶子是我陌生的一个词语,在朗溪镇,我与它不期而遇。它的突然降临,让我有点不知所措。之后,顺着石板小巷慢慢踱步,它们的轮廓才渐渐在目光里凸显出来。让我没有想到的是,这个鲜为人知的小镇,历史的钟摆居然在1300百年前开始跳动。据说朗溪曾是土司王朝的治所,土司政权一直延续到了清末。所以今天在这方土地,土司制度的痕迹依然随处可见。当地人告诉我,封火就是防火墙,桶子就是严实得像水桶一般的四合院。果然,石块垒砌的围墙密不透风,无法攀爬的高度只能抬头仰视。细细端详,我惊喜地发现,高高的石墙基脚竟是自然堆砌,石块间并没有注入任何黏合剂。我的"惊喜"源自它与藏地石头碉房的建造方式不谋而合。在青海的果洛地区,碉房那一块块青石片严丝合缝垒砌起来的墙壁,完全依靠天然造型相互咬合。据说藏族人在建造碉房的时候,没有图纸,也没有脚手架,这无疑更平添了碉房这种传统技艺的神秘与深奥。看来沉潜在民间的建筑智慧原来都是如此相似。

在一个印有超大"福"字的大门前,我们一堆人驻足观望。从造型和规模估量,这无疑是古镇封火桶子的代表。我们的意愿当然是想走进大门,看看它的内部结构。听介绍封火桶子的建造工艺十分独特,有青石铺的天井、雕花门窗、篱笆粉壁、雕花的木柱。但遗憾的是主人不在,一只"铁将军"将我们拒之门外。好在大家兴致未减,吵吵嚷嚷地在那个福字下留影,想必是打算沾染些福气回去。透过喧闹,我注意到了大门。这是民居建筑最耐人寻味的部分。对中国人而言,门意味着门面、门脸,容纳了社会地位、风水观念、文化内涵、装饰艺术等多种元素。后汉李尤在《门铭》中写道:"门之设张,为宅表会,纳善闭邪,击柝防害。"可谓是浓缩了门的意蕴。你看这家外八型穿斗式结构的龙门,就修建得十分讲究。当地的习俗是要将龙门建在门面墙的侧边,以寓意财不外露和躲避灾祸。朗溪现在还保存下45家封火桶子,对于这个流淌了千年岁月的古镇,真是一笔无价的财富。

在印江的村落,我见到百余年的老屋,探进身去,一种沉积在时光中的气息扑面而来。老屋陈设简单,磨损了的家具与色泽苍老了的四壁很是协调。但那光亮的灶台,烧柴的炉膛,还有大铁锅里烧煮的食物,似乎并没有太多的改变。改变的只是曾经几代同堂的居住模式。如今晃动在老屋里的是隔了代的祖孙血脉,这老与幼的身影让老屋总是显得空荡,而那接续两端生命的一代均已汇入到大都市里拥挤的人流中。等到夜阑人静,他们将辛劳了一天的身躯放置在窄小的床铺上,老屋熟悉的味道便席卷而来,那是他们精神的停泊地,挥之不去。可当想到自己年老的时候或下一代还能否继续老屋里的生活,他们却是满脸的茫然。

我这样猜测老屋未来命运的时候,忍不住站在它的窗前留影。岁月的磨砺并没有让精致的木窗棂黯然失色,它通透的各种花式棂格弥散出民间百姓的生活情趣与装饰智慧。那些象征吉祥富贵的动物或花卉,复杂或巧妙的几何图案,在阳光下尤其是月朗星稀的夜晚,投落到地板上影子恍若朦胧迷离的诗句,动人心魄。由此想到自己居住的城市,那些千篇一律表情木讷的钢窗。当今城市的现代建筑材料,早已绝缘了人与大自然相互感应的经脉。

正如我在很多地方所揪心的那样,在印江,我还是看见了夹杂在青砖灰瓦中间的水泥盒子,它们如此扎眼,与四周水墨画般的自然格格不入。无疑,这是大地生长的异类,却也可能是某种征兆。试想有一天,这些新式的水泥盒子毫无约束地四处蔓延,那些吸纳了大自然精华并浸透沧桑历史的吊脚楼也许会被遮蔽。

(载《散文》2015年第4期,《青海日报》2015年4月15日,

入选《2015中国年度散文》)

作者简介:

唐　涓,女,中国作家协会会员,青海省散文报告文学学会常务副会长。1999年国家公派留学于罗马尼亚布加勒斯特大学新闻学院。发表文学作品

百万余字。作品入选《2004 中国散文年选》《2008 年中国随笔排行榜》《2009 年中国年度散文》《2010 年中国精短美文》等。出版散文集《从西向西》、文化散文《诗意栖居》,长篇报告文学《我心中的手》《天路之魂》(合著)《追梦柴达木》等。获冰心散文奖、青海省文学艺术创作奖、青海省"五个一工程"奖、陕西省"五个一工程"奖等。

印江三札

赵 瑜

之一，蔡家坳：纸上的春秋

　　构树的叶子好看，每一片都枫叶般裂开着叶瓣，对称，温润安静的模样。我便想到早些年的嗜好，彼时我爱摘各种各样的树叶夹在书里面，过上一阵子，那片树叶便成了一枚书签。我甚至还喜欢在纹理清晰的树叶上写字，多是自我勉励的小幼稚。

　　当地人说，这树的叶子也有完整不裂的叶片，长长的。

　　这树像是分男女的，我这样猜想。

　　构树是野生的，在半坡上，杂树的围拢中，一丛丛地长着。沿着河不远，一直向两边蔓延，像是牵手远行的队伍。山上更多，漫无边际的。当地人说，不用专门种植的。

　　沿着坡往河边走，一排茅草屋。大抵并不住人，茅屋已经有些破败，几个屋顶上横放着一根很长的木椽，压住排列有序的稻草，自然是为了防风雨的。

　　河流的声音很大，水车在河岸边，水冲击着水车，水车转动的时候带动了一个长柄木槌，水车每转动一圈，木槌便捶打一下岸上的石头。那石头很大,有一平米见方,上面刻着好看的花纹,圆盘里的纹路似土家族蜡染布上的图案。

我们正好奇地弯着腰来辨认那石头上的花纹,却来了一位村里的青年女性。她背篓里背着满满的一篓树皮,那树皮已经像麻一样,被水浸泡了很久,一缕一缕地梳理好了。我们这些远道而来的看客,想象着这构树的皮应该是光洁而舒展的,没有想到,看到的树皮,已经像绳子一样被做成了树皮带。

只见那村女将背篓里的树皮绳一捆捆地取出,然后随手捉了一缕,扔到了那木槌下,只一会儿,那木槌便将树皮捶得均匀,像一张大号的饼子一样。那村妇又不停地往那树皮饼上续添了不少树皮绳子。她的手十分灵巧,一只手扯着那越来越大的饼子,一只手不停地往缺口处添补树皮。

先是圆形的,后来又变成了方形的,再后来又扩张了一圈,成了椭圆形的。村妇将已经捶打好的树皮饼子叠了起来,像叠一张纸一样。叠整齐后,她又开始一张新的树皮饼的制作。

制作完这树皮饼子以后做什么?

我们猜测,或者就像我们在街头常见的榨玉米糖的一样,将树皮饼子放到一个机器里,加一些水或者其他配料,机器转动,便可以吐出一张张的宣纸出来。

自然不是,村里的人用方言向我们解释,我们听不懂,又找来当地的陪同人员解释,才知,这古法造纸的技术是蔡伦传下来的,多少代人一直如此。全部的工序做下来,要72道。仅将树皮割下制成纸浆便有五十余道。

做成树皮饼之后,还要放在一口硕大的窑口里煮树皮,还要加一些石灰,说是为了颜色。

抬头便可看到公路边上的窑口,极大,沿着坡修建的。蓝砖上长满了蒿草,大约是好久没有烧窑了,有废弃感。

现在,村子里的年轻人,也多是出去打工。愿意留下来在这茅草屋里做纸的不多了。

累,不赚钱,这是一个表象,还有一个无法言说的理由,便是孤独感。一个人在茅草屋里,时间几乎是无用的。从早晨进入,午饭也在茅草屋里解决,一直干到傍晚。就这样一直做一年,才不过五万元的收入。差不多这样的生活相当于一个行为艺术的制作。一个人不论冬夏地在一个窄狭的地方从事劳作,这会使得原本轻便的劳作加倍。将一池池水搅拌均匀的过程,也差不多将自己的内心搅浑了,混浊不堪的内心所支撑起来的生活没有了乐趣,没有了悠然的乡村生活节奏。

尽管茅草屋多次被我们美化,尽管这茅草屋里的窄狭和黑暗都可以转换成诗句。但,我还是想说,"这很不方便拍照片"。

我们打扰到了那个正在干活的年轻后生。他赤着上身在干活。他的动作协调,甚至有音乐感。他用手里的细网筛子,往树皮浆的池子里一捞,然后平着端出,细筛上便挂满了一层薄薄的纸浆。他将薄得几乎不存的这张纸膜,庄重地扣在旁边的一摞纸上。

从早晨干到中午,他已经做了两块豆腐。那纸一层层地摞在一起,像极了一块豆腐。那人一边在水池里打捞纸浆,一边向我们介绍,这纸需要放置几天便可以拿出去晾晒。

差不多纸拿出去晾晒的时间,也是这位后生晾晒自己的时间。山里的气候冷,可是,我依然发现他的汗水不时地滴落在纸浆池里,或是滴在他做好的一张纸膜上。

想起我曾经看过的一个介绍,说是在云南,傣族人也是用同样的方法来造纸,而这样充满着神秘气息的手工造纸方法,在傣族里一直是传女不传男的。会不会是因为,过去的文人对宣纸的味道挑剔,而女人造纸,即使是身上有汗滴落下来,也是沾染了脂粉的香气。所以,文人们更愿意使用。

这只是我的臆想。

这样的古法造纸，纯手工不停地劳作，对于女人的体力是极大的挑战。

这样的方法造出来的纸可以作什么用呢？除了旧时的书画纸之外，在贵州山区里，这种纸是包装春茶的最好纸品了。

这种纸的透气性极好，是一种有呼吸能力的纸。这样，春茶中的一些极品的嫩芽，便会在这样的包装里伸展，安眠。

我们在村子里转了一会儿，并未找到有出售纸张的店铺。这成为我的一个惦念。

想着，那河水边捶打树皮的声音以及并未见证的烧煮，甚至是反复多次的水浸与捶打，终于做成了一张薄如蝉翼的宣纸，使用起来，总有着敬惜纸张的情怀。

纸浆池的旁边还有一个高高的小池，也浸泡了一些树根样的东西。劳作的青年人告诉我们说，这是必须要备好的丛树根，有时候也会用竹子的根来代替，这些树根浸泡过的水会变得有黏度。这样的话，纸浆池里已经化好了的树皮浆才能在细筛上形成一张薄薄的纸膜。

这样精细而微妙的手工造纸方法，竟然 2000 年前已经在使用了。在那样一个文明尚未普及的年月里，造纸术的出现，使得文明有了新的承载的方式。可以说，这一张小纸片，便是改变中国乃至世界的一个说明书。

茅草屋里有灯，打开来，昏暗依旧。那后生身上的汗也越来越多，纸豆腐也越做越大。旁边的长凳上放着他的午饭。

他太忙碌了，以至于要先将手里的活计做完，才能吃饭。

出得茅草屋，便看到那村妇已将满篓的树皮捶打好了，背着回来了。原来，她与这茅草屋里的后生是一家人。

茅草屋的上游一点是一座桥，桥下还有两架水车。可以想见，农闲的时候，村里大概有不少户人家在江边浸泡树皮。他们用自己的耐心，甚至是对祖先文化的尊敬，一辈一辈地往下传这样一个手艺。他们做的纸,卖往全国各地,有的作了朴素的包装纸,有的作了书画家的用纸。而这些纸的生产者,却长年地在这片山地里,茅草屋里,用近乎工匠的方式,一张一张地养育着这些纸。

这里是贵州印江的一个村落,蔡家坳。村民多数是土家族,村子里便有不少姓蔡的,是蔡伦的后裔。大概是战争,抑或是灾荒,这些来自历史深处的蔡姓子孙,将古法造纸术带到了这样偏僻的村落里,使得多年以后的我们,还能亲眼看到。

村子里的青壮年并不多,也不如我们想象的那样,很多户人家都忙碌着做皮纸。当地人说,这些年皮纸的销量并不好,又卖不上价格。很多技术好的后生都放弃了做纸,外出务工去了。

我很想买一刀这种粗粗的皮宣纸。我想着,若能在这些手工制出的皮纸上写下唐诗、佛经,让这些承载着时间的句子停在这手工做出的纸上。借着这些纸,我回到时光的远处,与旧年月的那些匠人,进行深入交谈。

那样该有多好。

之二,团龙村:米粒的滋味

山里人蒸饭用木桶,饭蒸好以后,随便用手团一团,便成了一个饭团。

我们一伙人,刚刚在村口处的茶亭里喝了罐罐茶,是上来打糍粑的,见到这样香的米饭团,几乎是要尖叫了。便一起玩笑着说,这便是传说中的《舌尖上的梵净山》了。说出来,又觉得地域太宽阔了,便只好再精确一些,说,这是《舌尖上的团龙村》。

村庄在半山腰,还要再靠上一些。上山的路径曲折极了,在路边常常有成群的猕猴讨要吃的,若是不给,便会龇着牙齿,大抵会说一些难听的话。

我们都沉浸在对那群猴子的内疚里,总觉得应该带些吃的给它们。

拿着糯米饭团的时候,也这样想,若是刚才遇到猴子时,手里有这样的饭团就好了。

饭团靠近鼻息时有淡淡的木头的香味,是那种一眼可以看到纹理的木质,在高温下,木头分泌出的树脂融化在米粒中,这融化似一场漫长而刻骨的爱恋,从陌生到成熟,终于融为一体。故事的结局在我们的味觉里。

我喜欢这饭粒上的木头的清香,每一粒都均匀地沾染着,像流水湿润岸边的石头,脚掌踩上去,润滑,不知踩的是石头,还是流水。

又或者,饭粒上的木头的味道并不是木头本身的滋味,而是掺和了米粒的味道后,变得羞涩而又内心甜蜜。糯米生性温和,没有经过高温之前,一粒一粒,像键盘上各自独立的音符,而经过高温之后的糯米,便融化在一首曲子里,每一粒米之间都有着数不清的搭配甚至融入的关系。

糯米饭的香味,让我们想到了小提琴,不论如何放慢节奏,它仍然是向着树梢的位置飞翔的,是的,小提琴的音色总能让我想到鸟儿,比如衣装艳丽的喜鹊。

糯米饭在北方也是要吃的,过年的时候,母亲会将红枣、莲藕、山药等切片,同糯米一起蒸碗,然后再放入少许红糖,豫东人叫作江米甜碗。那时我年幼,满布饥饿的童年,对糯米的味道停在甜或黏这个层面上。而如今,在贵州的一个山村里,我遇到了一个糯米饭团,它用一粒米一粒米的滋味侵犯了我。

我浸在这米团的滋味的单纯里,我想到母亲,烟火弥漫的傍晚,我在家后面的池塘里游水,母亲做好了饭,端着碗在岸上喊我的名字,我一身湿漉漉地爬上岸来,一把抢过母亲的碗,大口地吃起来。吃的是什么呢?并不具体,感觉里,母亲的饭菜总是清淡寡味,只有经过时间的发酵,才会越来越浓郁。我自己知道,这浓郁缘自我修饰的爱好。而事实的真相是,母亲的味道,简略节省,如同贫穷的生活本身。

糯米饭团的香味其实并不是浓郁的,是淡淡的木质的清香。吞咽时,木质的香味并没有在舌尖上停留,仿佛是一个糖衣的糕点。咀嚼的时候,米的香味像音乐的高潮部分,从木质清香的糖衣中剥离开来。米粒经过咀嚼之后所呈现出的大于香味的温饱感瞬间让我觉得安稳。糯米比普通的米饭多出来的那股黏稠的质感,让我想到恋爱中的女人,依赖、松弛,甚至有着母性的温润感。

我吃了两个糯米饭团,我想熟悉这个米饭团的滋味。

单是拿在手里,放在鼻子上闻着,就有一种莫名的满足感,糯米的黏性让饭团的形状稳固,我相信,没有一种米能具有这样团结的能力。普通的大米,必须加大量的水,煮成粥状,才会有模糊的米油出来。而糯米因为体质的特殊,天性黏稠,所以,它进入人的身体以后,可以保护人的胃黏膜,甚至能护肝脾。

糯米饭团吃完以后,手上的香味能保留很长时间,一直到吃过饭以后,闻一闻手,还有糯米的香气一直在手掌上盘旋着。

在我吃糯米饭团的时候,同伴们已经开始学着村民在用一个硕大的木槌打糍粑。

就是将我们刚刚吃过的那锅糯米饭放到一个木槽里,两个人相对着,从两边捶打糯米。只一会儿,糯米粒便成了面团,面团粘在木槌上,所以,捶打糯米是需要技巧的。不只是力量,还有角度、位置、轻重,甚至呼吸以及心绪。

我们每一个人都体验了一把打糍粑。捶打得差不多了,村里的阿婆便将打好的糯米糍粑团成一个又一个圆圆的米球,放进一筐已经炒熟的豆粉里,在豆粉上滚上一滚,糯米团便沾上了一身好看的豆绿裙子。这样,吃起来又香又黏,简直像举行了一场简易的婚礼。

糯米饭变成糍粑团的过程,米粒消失了。所以,吃着糍粑的时候,我从未想到母亲。我能感受到的是城市生活的气息,夜半的汽笛声,或者集市上讨价还价的争执。糍粑将糯米的原味变成了一场暧昧不清的食物艳遇，捶打，糅合，糍粑的滋味是世俗的，便于携带的。

那天晚上，我们还喝到糯米酿造的甜酒，甜美极了。喝下第一口，我就想喝醉了。我知道，醉在一碗糯米酒里，我一定能睡得甜美。我会梦到一阕宋词，半亩稻田，甚至还有一池月光，那月光照在哪里，哪里都是甜的，欢喜的。

那样该多好。

之三，梵净山云朵：云深不知处

缆车上一个背着相机的师傅，温和地看着我们，不语。他将手上捏着的红色收据收好了，放进兜里。

他已经随着缆车走了一圈了，该下来的时候，他拿着他缴纳费用的红色纸条对着工作人员说，我和你们的王总说好了，我要坐两圈，才能拍到云海。

云海。我们记下了。

梵净山一年四季的景色不同，所以，常有旧地重游的客人来。

我们上山的时候晚了一些，山脚下的雨对我们的行程造成了困厄。等我们走到半山腰的时候，雨果然停了。山里的天气，谜语般难猜。

坐在缆车上，在雾岚中穿过，我们觉得正走在一首唐诗里，几乎是不约而同地念出来：只在此山中，云深不知处。

以前只是理性地背诵着这样工整的句子，现在，我们意会到了这景致中的微妙。云深，不知处。不仅仅是不知道采药远去的师傅的位置，连我们自己的位置也丢失了。

有关云彩的模样，我写过诗句的。但大体是仰视的角度，云彩通常在高温的气候下浓郁，透亮。在海南，我见过厚度不等的云彩。在去三沙的船上，我看过风将云彩吹散后的霞光。在北方的村落里，雪后的天空突然堆起来的云朵。这些都是迷人的记忆。云彩是天空永远不变的剧情，几乎，除了月亮，它就是天空的别名。

而梵净山的云彩是可以采摘的果实,和我们日常仰望到的云朵不同,梵净山的云朵是流水,是山里的溪水,是一场雪,是雪后的几声鸟鸣,是涂在我们视网膜上的画,是永远也擦拭不掉的一缕感动。

缆车走到半山处,左侧的舷窗打开了,我们突然看到了云海。云在山与山之间奔跑着,像是喜悦的,又像是哀伤的。树丛的绿色在云朵的深白色映衬下变成了黛色,或者紫褐色。云朵比我们的眼睛要宽阔,比我们的想象力要跑得快一些。

看起来它们并没有流动,可是只一会儿,它们便向着幽远的暗角涌去,仿佛有人正收拾它们,一块一块地折叠它们,将它们随手扔在了某处幽暗里。

山在云彩里隐藏着,树也是,流水声也是,在半空中,俯身看着这浪花般的云层,觉得呼吸也突然通畅起来。仿佛经络里的某处开关,在瞬间被打通。吞吐的同时,也就融入到了这云彩的开放与流动中。

在飞机上看到的云层也漂亮,但那是高空中的铺排,几乎是雪域,是梦境里永远无法走出的一次惊吓。

而在梵净山所看到的云朵,是织物,是舞蹈的女性在舞池里刚刚摆下的造型,是婉约的词句,是中国画里工笔的部分。

梵净山是一座佛教名山,和凡尘的距离,就这样用一池云锦隔开了,仿佛,山与山之间的这些云彩是几声晨钟,是几声鹤鸣。

我们将要到山顶的时候,看到远处的云彩里透出一束光,光照下的山林迷人,让人觉悟。

云里雾里,常常指代人所处的观看世事的位置。而这一次,我们穿过世俗的云层,来到了梵净山的顶端,我们端坐在空中,看破了云里的事,雾里的事,看透了云中的水,林中的鸟儿。在半山处看云,竟然,有一种顿悟的错觉。

从云里雾里出来了,我们伸手,便触到了真相,本质的自我,甚至是陌生的念头。

是真的，看过梵净山的云之后，我觉得以前放不下的一些心事，明澈了许多。还有没有做完的一些琐碎事，曾经让我焦虑的利益，都在那云朵的恍惚中变得轻浅，甚至无足轻重。

下山的时候所看到的云海与上山时不同，大概是云彩的流向不同，所呈现出来的气象也有差异。下山时遇到的云内敛、谨慎，像是得道了的佛。

而我却更喜欢上山时看到的云，浓郁有时，浅淡有时，畅快有时，暗淡有时，像是在红尘中经历了挫折的人，有了进步，获得了理智，总是得体而自由的。

我们习惯赞美需要仰视的物事，月光的缠绵，阳光的浓烈，风奔跑的速度以及雨来临时的畅快，却从不知还有在半山腰可以踩在脚下的云。

梵净山的云，这开在深山的花朵，这安魂的乐曲。我想隐居在这里，种花、养蝶，做三年的梦，并吟诵一个长长的佛经。如果有人来寻我，白天的时候，我会泡茶招待，让他看云彩的舞蹈。夜晚的时候，我写字，看书，有人来觅，便留字条：只在此山中。至于云深不知处，那是觅者的事情。

那样该多好。

（载《青年文学》2014 年第 11 期）

作者简介：

赵　瑜，男，1976 年生，河南文学院专业作家，中国作家协会会员。曾出版长篇小说《我们都是坏孩子》《我鄙视你》《暧昧》《裸恋》《六十七个词》等多部，随笔集《小闲事：恋爱中的鲁迅》，散文集《小忧伤》《小荒唐》等。《读者》杂志签约作家，大量散文、小说发表于《十月》《山花》《上海文学》《散文》等期刊，并被《小说选刊》《小说月报》《散文选刊》等转载。作品入选数十种重要散文选本。

印江的美好时光

黄金明

印江河的细浪

当我抵达印江县城,已近黄昏。街道显得从容、温馨,不少老房子拆得只剩下墙基,又一些新楼将拔地而起。隔着树影和霞光,我听见了水声。我们住的宾馆就在河滨,流水呢喃与草木气息相混淆,一起融入了山野的温柔与静谧。穿过县城的河流,干净、舒缓、从容,犹如充满柔情的美妇。我看见白色锦缎上的水墨在晚霞中展开,那些细小的波浪,像百年老梅枝上怒放的繁花,又细又密,仿佛积雪就要在阳光中消融。一条河流有多少朵浪花,这是难以计量的,但总有恒定的数吧。正如一尾鱼有多少片鱼鳞并会脱落。但鱼鳞如此真切,不像浪花那样变幻。那些不断地涌起又消逝的浪花,在上游和下游的浪花,所有的浪花,看上去没有什么不同。

我怀念郊野的河流,宛若大树自由生长,浪花像叶片涌现又坠落,跨出身体一步而走向未知或开出花朵——河流总是走在身体的前头,比自己走得更远。它有自己的思想,流动是它的天性。每个片刻都被一股神秘的源泉所推动,直至进入智慧的海洋。看上去,它几乎像时间一样自信而有力。流逝即存在。它不停地说话而不重复每一个词语。它是自由的化身和缩影。河底的鱼类乃至一只沉默的河蚌也是。在下游，堤岸上植物开花，草叶吹拂，三三两两的牛羊在啃草，昆虫和小鸟从水面上飞过。我仿佛看到，收网的渔翁伫立在船头，他额头上堆起的皱纹如横写的"川"字，被闪光的鱼鳞照亮。在过去的年代，那些逐水而居的人，交替行走在河流的两岸，用树根的铁线和青草的钉子加固着河堤。晨曦或夕阳照耀着屋顶，两岸的村镇，走出了一群手脚粗大的妇女。一个孩子幻想着一只鹅能带他飞上天空。在水边，我窥见了多少美丽的事物？那个怀抱水罐的少女，她的爱情像汹涌的河水固定在雕像中。在一阵吹过河堤的风中，那些细碎的美，变得更加细碎和尖锐。也许，在风雨楼上歇脚的白鹤会告诉你，每一条河流，都有不同的灵魂和声音。

　　我漫步在河堤上，听到水声从大树的内部传来，流水从枝条上溢出，转化成叶片和花朵。在遍地草叶之中，一个人独自卷入了激情的波涛。啊，就像梵净山上的溪流，一步跨出河床而成为瀑布，它像燃烧的杜鹃花，跃进了自己的闪电——河水的另一副面孔，水的珍珠卷帘，一张撕裂又聚拢的白纸，书写着玉石似的泡沫。啊，有一条小河想逃离大地，成为一棵树木向天空走去，又被无数尾树叶似的鲶鱼用力拉回。

　　在中洲小区的河面上，在曾经是独木桥的地方，一座长廊错落、斗拱飞檐的风雨桥，将"中洲牧笛"的古典诗意跟现代美学贯通起来。远处的文昌阁露出了塔身和顶端，更远处的大圣墩如仰面朝天的美人沉入梦乡。在下游，河床开阔，微风梳理着细浪。河水穿过菜地、稻田和玉米地，仿佛遥远大海的回声，仿佛天亮之前，我完成而又遗忘的梦境。在桥头堡之侧，一株柳树像梳头的少女跪在水边，暮色像鸟群扑入树林，落日像石头急速坠下，流水在霞光中渐渐远去。

紫薇大树

　　在梵净山脚的小坝子间，在淙淙作响的河水旁，矗立着一幢红墙白顶的楼阁,匾额上大书三字:紫薇园。隔着小河,对岸的田里种着马铃薯、玉米和蔬菜,田地的边缘是层叠的群山,正对面有两座山冈拔地而起,大小相若,形状相似,犹如睡美人的双乳保持对称。作家刘照进站在紫薇树前,指着那两座小山说,大树跟两山之间正中央恰巧在一条直线上。我一看,果然如是,不禁暗叹大自然的玄机无处不在,而又无法参详。

紫薇大树扎根于山脚,躯干挺拔,几欲参天,树叶婆娑,苍翠欲滴,自有王者气概。大树后的山坡林木茂密,但无一堪与比肩。围绕此树砌有水泥栏杆,如圆圈将其匡护。当地百姓视大树如神,栏杆前设有神案、香炉,香火四季不断。据当地资料记载,大树生长了1380多年,与印江立县(唐开元四年)相巧合。它胸径两米,高达34米多,冠径15米许。一年开花三次,脱皮一次。子落地不生,枝条嫁接不活。树皮、树叶均可入药。此树目前在国内没发现第二株,世界上也只在日本福冈发现比它稍小的另一株。

通常,紫薇树属灌木,此树却进化成乔木,这是自然界的神秘之处,非我辈所能猜想。它从未死去,也就谈不上复活,却比复活更神奇。它并非动物,也就谈不上脱胎换骨,却奇迹般从内在的深处转化了种属。这究竟是自然的伟力,还是千年修炼的结果?无论是什么物种,既生存逾千年,恐怕都有了神性吧。这神性也许并不玄虚,是神奇的生命力,也是大自然的奥妙,但要拆解并不容易。我站在大树面前,仰望着它的古老躯干和新生嫩叶,顿觉个人的渺小和轻浅。我没有跟它对话的能力,却不妨去想象它的遭遇、经验和力量。一棵树同时展示着繁荣和枯萎,它的树根是树冠的倒影,它的枝条和叶片,在彼此模仿中成倍地增长。通常,果实是爱欲的沉淀,太丰盈了,一棵树几乎被枝头上的果子压垮。此时,我错过了它的花季和果期,却得以窥见它平素的质朴面目。在漫长得难以忍受的岁月里,它遭遇过多少场狂风、暴雨和雷霆?它见证过多少个王朝的覆亡和更迭?它目睹过多少个村落的炊烟升起了又灭灭了又升？它不说话。也许,它也(借助叶片和风)发出声音而无人听懂。也许,它面前的河流和山冈可以作证,但河水也会改道,山体也会滑坡。你瞧,河床上的石头也会被磨损、击碎并带走。在秋天,两岸的核桃树或红枫树,叶子被激情烧光而露出树木的白骨,最美的少女也会变成老妪,最亮的镜子也会被时间之矢击碎。山冈上的页岩,因流水与孤独的侵蚀,露出满是皱纹的额头。

大树每天都在变化。它变化的不仅是表面和叶子,不仅是细枝与末节,不仅是内心激荡如涟漪的年轮——它终究蜕变成了高大乔木,但万变不离其宗。它是传说,也是事实。它是灌木,也是乔木。它是紫薇,又超越了任何一株紫薇。它仿佛是一部垂直的时间简史。在它的身上,同时容纳了时间的三种形态:过去、现在和未来。或者说,人类对时间的人为分割对它无效,时间原本就是一个整体。它属于那个整体,跟大地、天空和风云也是一个整体。由此,它接近了不朽。至少,它比人世间的所谓英雄人物或偶像楷模生存得更长久,更有活力。它将不同时段的自己联合起来,水乳交融,天衣无缝——最古老的树根已逾千年,最鲜嫩的叶子才刚刚诞生——事实上,最崭新的叶子转眼就会坠落,最古老的树根却仍在生长——它深深扎根于地下,缓缓地延伸、壮大,仿佛悄无声息地贯通了大地的秘密。我宁愿相信,它通过树根下的泥土,跟大自然发生了深刻的联结,这就是宇宙古老而常新的力量之源。人的生命在于运动,树木的生命在于一动不动。但它也在运动,尽管难以觉察,至少,它每天都向天空迈出新的一步。它仿佛踩着自己的肩头向天空攀登,像一条向天空流去的河流。它是自己的梯子,也是沿着梯子不断往上走的那个人。它不激进,也不保守,不停滞,也不冒进。它兼容了保守主义的树根,也鼓励自由主义的枝条旁逸而出。事实上,树根不仅为每一段树枝提供能量,同时也没有放弃向黑暗大地的掘进(它同时向着大地和天空生长),这本是一切树木的生存之道。它看来做得更有力,更彻底,更有耐心。

我望着大树，尽管它活了一千多年，但依然健硕如壮年，天真如孩童，看它生龙活虎的样子，看来再活一千年也不成问题。它似乎有一种不寻求任何目的性的等待，它除了生长就是生长，成长就是目的。或者，它花一千年从灌木幻变成乔木，要再花一千年从植物修炼成人形？如果它是人，也显然超越了人性。它要成为神吗？它要以它的形态显现神的面目或回到神性的源头吗？这样的一棵树木，显然带着难以言喻的神性。它也会孤独吗？会悲伤吗？会做梦或梦想吗？它有欲望而尤其是情欲吗？它拥有惊人的生命力，却又无力或放弃了繁衍。它有拿不起放不下的时候吗？在午夜的梦魇中，它也曾被链锯的唾沫或斧头的伤痕惊醒吗？它曾经有父母吗？它有兄弟姐妹吗？它想念它们吗？或者，它一诞生就是唯一的吗？……它是慈悲的，也是冷漠的。它缄口不语。它像一座神庙那样庄严而肃穆。事实上，在村民看来，它不仅是神庙，也是神像或神灵。我试图了解它而不得。我在告别之前，合十向它礼拜。壮哉，千年紫薇王！

兴隆桥边的老房子

我们一路过来，途经朗溪古镇朗溪村的高脚厢房、土司衙门遗址、封火桶子、四十八座歪门四合院及甘川橘子园，均美不胜收。到了木黄镇，只见小镇四面环山，一条小河穿镇而过，水流生动。另有一河环绕镇边流过。据说还有一条河流，我们没有入镇，未知究竟。但觉小镇环境幽美，生机勃勃，发展迅猛而注重生态，殊为难得。出木黄镇不远，河畔有文昌阁一座，旁有小庙，乃当地重要宗教活动场所，每年正月和六月，当地村民都要开展为期半月的释道儒活动。

沿着芙蓉河边的公路行驶不远，我们见到了芙蓉兴隆桥（又名谢家凉桥）。我曾在印江县城见识过风雨桥的风采，但仍有惊艳之感。毕竟，这是一座近140年的古木廊桥，并非糅合了钢筋水泥和现代建筑技术的寻常桥梁可比。踏上一座风雨桥，于我还是第一遭。该桥始建于清代道光十四年,后被洪水冲毁,于光绪三年重修,系木结构古式廊桥。桥两端为六柱双檐四坡面牌楼,额书"兴隆桥"三字,有疏通财气之寓。凉亭共七列,两侧为廊,桥顶呈"八字形",其上呈双"介"字阁塔式结构,通风亮敞。桥中旁壁有供奉龙王的神龛。

兴隆桥上游不远处有一座石拱桥,村民出入,多走此桥。桥边有一个村庄,有不少新修的两层木屋,有的还在修建中,看来多为商旅之用。我们被其中一幢气派非凡的木搭老房子吸引过去。老房子旁边还有几幢小点而略新的木屋。屋中奔出两位老妇,热情地给我们搬板凳。稍老的说有七十四岁了,但手脚麻利,看来仍常下田干活。屋里有位少妇在做饭,炊烟透过灰黑的瓦面,摇摇摆摆地融入屋顶上空的浮云。屋檐下,有个八九岁的小姑娘半蹲着,在剥一堆小竹笋。这种小笋,我后来在石板寨吃到,滋味鲜美。墙上木板多有裂纹,主人说,此屋有200多年了,住过七代人,连同旁侧的木屋,目前有5家人住……老妇说得流利,我却听得吃力,不少句子没听懂。木板墙上有些图案雕工精湛,古色古香,在漫长的年月中缓慢地变形、坼裂和减损。屋前有两只狗,懒洋洋地蹲在地上。几只鸡在旁若无人地踱步。院子堆着几根粗大滚圆的木头,有几个竹子编织的旧畚箕,一架废弃了的磨盘,一座用旧砖头堆垒的鸡舍……这一切,都在提醒我,这座老房子曾很热闹,如今却安静得像被人们遗忘了。两位老妇坐在矮小的木凳上,安静地望着我们。她们的目光加深了这座房子乃至整个村落的静谧。二百多年了,对人世间来说,算得上漫长,这几乎连时光也感到厌倦而停止了流动。但这座老房子仍感到时光缓慢而沉重的压力。屋顶多由灰瓦铺成,有一处木屋由树皮盖顶,上面积满了厚厚一层苔藓,呈墨绿或黑褐色,跟树皮相互渗透,仿佛此地已被时间遗忘,连时间也在缓慢地堆积,因过于停滞而发霉、腐败……挂在屋檐下的蜂桶,于我来说乃新奇之物,我在故乡或他处所见的多为四方形的蜂箱,而在梵净山一带所见的养蜂器具全是圆滚滚的木桶。几只蜜蜂在飞进飞出,这些爱好劳作的小生灵,仿佛提醒我时间仍在流淌——尽管在这个世外桃源般的古村,时间只有蜂箱眼孔般细小的出口。

在这所老房子里,我见到的老妇、少妇和少女,这似乎使女性在时间序列上呈现了三个坡度。而小姑娘过于缄默,我不知道她在想什么。她一直在剥竹笋,灰青色的笋壳在她的手上纷纷被剥离,露出嫩白笋尖。古村落、老房子和老妇人,无所事事的土狗和院子那些被遗弃的旧器具,都使我略感惆怅。直到撰写此文时,我才惊觉当时一个男子也没见到。他们可能到外地打工去了。

石板寨之夜

一场突如其来的小雨伴随我们到了石板寨。当我们用罢晚餐,雨知趣地停了,计划中的篝火晚会遂顺利开幕。木头吐出的火舌,点燃了男女跳舞的欲望。摆手舞颇具民族风情,诗人王喝了不少酒,醉态可掬,头重脚轻,但他跳得很不错,手脚夸张,造型滑稽。当然,真正的领头羊是一位老先生,他舞姿翩跹,如行云流水。诗人李说,你看不出来吧,他有六十八岁了,是个跳花灯的老艺人。晚会的高潮由他掀起,也由他闭幕。他用一连串让人眼花缭乱的魔术让我们进入了奇妙幻境,譬如九连环、解死结、剪绳子等等,都博得了满堂彩。都是小魔术,但老先生表演精湛,气定神闲,他站在台上赫然有名角风范。

石板寨乃幽寂之地。我们都住在小木屋里。不要说别人说话或打呼噜,就是一个虫子的鸣叫,也会清晰地传入我的耳朵。小说家肖说,应当禁止新婚夫妇或久别重逢的情人入住木屋,要来就自带帐篷住到山上去。夜深人静之际,偏有好酒之人踩着木梯返回房间,间或响起几声尖叫或唱腔。仿佛有一群神秘的人,蹑手蹑脚地走过天上的桥梁。我于半梦半醒之间,觉得这不像是梦境,但又不全是现实……不停地掉落的云朵中,夹杂着耀眼的羽毛,透过墙上的月亮,我看见了破碎的夜晚。但镜子本身是完美的,尽管它被墨水涂黑。大自然是一本书,用旧了,拆散了,书页上的字迹也被抹掉。那些木刻插图——高大橡树、金色池塘和颀长莲花,林中的幽灵在大鸟的翅膀上消失。但在石板寨,你会觉得天与地还崭新得仿佛刚刚生成,还来不及命名。月亮飘过果园的围墙,像一个白色的气球,它越飘越轻,释放着一个树林的寂静。在更高处的天空,群星喧闹、争吵。像一把撒向广阔空间的图钉,被漫长的时日磨钝。在山林里,有着细小的果子,还未成熟就被一场雨打落。几只山羊在细雨中吃草,一道人影翻越了山梁。哦,小山寨,像一艘压碎白灿灿芦花的大船。月光照耀山谷,锯木场堆积着圆木。在夜晚,一群人将顺着河岸回到家乡……我仿佛在梦中走遍了千山万水,仿佛躺在一处长满青草的山坡上假寐,又像是在溪畔林间采摘着露珠或野果般的诗句……事实上,是我在一间小木屋沉入梦乡……

好山好水团龙村

近几年,我越来越对城市厌倦了。我在付出巨大代价之后,在南方最大的城市里定居,并获取了一份稳定工作。我发现,我终究是自然主义者,我喜欢山野溪流,喜欢泥土及草木之气,喜欢树林里的鸟虫以及林间的清风,喜欢无遮无拦的天空,它空无一物或挤满奇异的云朵并不重要……我不喜欢城市。城里人也让我觉得市侩。他们喜欢用金钱权衡一切,乃至幸福与自由,纯净水可以用金钱换取,清新的空气却无法凭钞票购买。我终究是误入此地的乡下人啊。十几年来,我没有一天不想过逃离。我心目中的净土,一定要有山与水,最好是某个山中小镇,不能有太多污染,又不能太寒冷。这说来简单,实已近于苛刻。我想过去海南文昌(2010年楼价疯涨,将我此念扼杀了)、广西桂林的郊外(诗人安石榴一再向我推荐)、云南边陲乃至移民海外。我既异想天开,也一本正经。总之,我不喜欢任何一个大城市。我还没有赚够生活费,但对工作也没什么留恋。我从未渴望过建功立业,况且一个小职员能有什么功业?我一直在寻找一个足以安居的地方。当我来到团龙村,马上被这个潜藏于梵净山麓的小山村吸引住了。眼前一幢风雨楼横跨于小河,两岸的木屋在绿树中露出屋檐。屋后的山坡上,林木繁茂,有的树木满树繁花,或洁白如玉,或红艳如霞,在绿涛中脱颖而出。薄雾如越扯越薄的白纱巾,使远山变得越来越淡。梵净山又名九龙山,以团龙为首。有谚云:"梵净山出奇,九十九道溪,谁人能识破,银子用撮箕。"这是一个土家族、苗族聚居的地方,历史悠久,民风淳朴,民族文化积淀丰厚,至今,仍延续着土家族过赶年、哭嫁、哭丧等习俗,保存有大鼓、唢呐、长号等乐器,花灯、傩戏、板凳舞和摆手舞等戏剧和舞蹈。

团龙村盛产好茶,《明实录》记载:"思州方物茶为上。"明万历年间,团龙被思州土司进贡皇家,史称"团龙贡茶"。我们参观了茶园,有一个古茶树群,其中一棵生长了600多年的茶树王让人叹为观止。园中有茶农手挽竹篓在采茶,山歌脆亮如鞭,旋律欢快,虽不解其意,却悦耳异常。中午,我们在村中的风雨桥上小憩,村民为我们端来罐罐茶。肚子鼓凸的瓦罐斜斜地卧于炭火之中,茶香愈来愈浓,缭绕于空气中。据说,在寒冷冬日,老人家整天守着煮茶的火炉,任由细雪在屋顶或山坡上缓慢地堆积、消融,满室茶香使冻僵的时光慢慢变软、流动而炽热。我期望有朝一日,再来团龙村喝罐罐茶、吃糍粑,在土家楼住几天,走走长寿谷,翻阅几本闲书。

长寿谷的树林

我们从茶园拐过一处山崖时,细雨穿透浓雾飘降下来。先是走一段木栈道,然后是石板路,路边怪石嶙峋,老树盘根,不时见到山花怒放野果成熟。高浓度的负氧离子使喉鼻得到安慰,这样的空气真值得深呼吸。未见溪流,水声已至。果然,再走下几级台阶,一个水潭展露无遗。上游的溪水在绿树掩映之间,时断时续,白亮耀眼。水流穿过乱石,哗哗作响,溪水中的卵石浑圆如母羊的奶子。溪畔林木繁密,层层叠叠,一直延伸到山坡乃至山巅。我和小说家曹、肖及周在前头散步。走完这段山谷,才知道这就是长寿谷。我们沿着溪水流淌的方向行走,将在午饭前赶回村口。

细雨、雾岚和水汽仿佛营造了一个仙境或梦境。我于恍惚中,看见我坐在我的身边。溪岸上风在吹,水潭上涌起白雾,天空被鱼鳞似的细云充满。我空旷如原野,体内生长着一个原始森林。一株青草像是另一株青草的复制品,而绽放不同颜色与香味的花。很多草本植物的果实都被忽略,譬如野草莓和山蕉果,而那可能是大自然的核心。一具日晷是时光的捕兽夹,而月亮不是,它甚至抓不住自己的脸,它目睹着草木枯荣而不自知。从日晷到沙漏,从沙漏到挂钟,越来越精密和准确,而时光像敏捷的野山羊,毫不费劲地溜走。一场雨带来了另一个世界的声音,一场雨是每一场雨的标本,随便一场雨都像是另一场雨的梦幻,像液体的时光,恍惚、忧伤,被一阵风吹乱。在幽暗的林莽中,山谷中还有黑熊和老虎吗?一只老虎带着躯体里的动物园,来到我的面前。一只老虎携带着所有已逝老虎的魂灵,步履蹒跚地走着。它身上携带的因禁猛兽的铁栅栏,已变成血肉和皮毛。也许,山上没有老虎了。山上的猴子很多,在进入村口前,我们已跟一群藏青猴狭路相逢,它们拖男带女,看着我们,并不惊惧,反略有期待。山上还有不少珍贵的黔金丝猴。我能否说一只小鸟也是树木的一片叶子?当它振翅飞离,天空显得愈加空旷。而林中那棵最大的银杏树,据说已生长了一千年,但还在生长下去,它被严酷的冬天削去细枝末节。一些小树,在它的体内或四周沉没。青草占据着山坡,羊低头吃草。羊善良而惊恐,它眼神中掠过的一朵云变成了狼,在四周静谧的夏日午后,丛林中正在进行着看不见的杀戮。一只白蚁将一株巨木蛀空并雕镂成宫殿,一个士兵像一根纱线织入了战争的地毯,而被猛禽再度撕裂。一群被山民称之为义务消防员的鸟在鸣叫,它们焦虑的叫声,跟废墟上的花朵相对称。我注视那个在云端上耸立的巨人,他缓缓从五彩云露出了五官。他是不可战胜的,因为他是最大的虚空……

长寿谷里的密林值得一说。一年年过去,树木在生长并死去,没有人惊动它们。在秋天,花朵早已凋零,果子敢于坠落。在冬天,赤裸的珙桐树焕发出惊人的美,它的身躯晃荡着金币似的嫩叶,将在初春哗地抛向天空。我敬畏于一切树木,它们长着共同的叶子而带有尖锐的个性,譬如松树无论长在何处,依然是松树;譬如柠檬桉无论大小,都有光滑的表面,犹如美妇的冰肌玉肤。树木一俟长出,就无法挪动半步。泥土既是食粮,又是缚紧的绳索。树木既是饮者,又是无尽的泉源。风声将时光压入年轮,年迈的霜雪从树根涌起。一棵摇摇欲坠的老树,触摸到了根。所有根都是一样的,在地下痛饮孤独并壮大,在黑暗中突进并停顿。路边的草丛掩藏着野花。山坡上的一棵树,像攀登到中途的人,坐下来歇息。风那么轻,雏菊细小的花瓣能感觉,麻雀柔软的绒毛也能感觉。一小片云也在轻微地晃动,白的云,灰的云,显得过于随意,但掩藏着神秘的雨滴,在辽阔无边的空中那么孤独……

山谷中到处密布着林木。果实和叶子,都是语言。蜜蜂适逢淡季,这些不善言谈的农夫,忙着生男育女。那些掉落的花絮,在树底下堆积,仿佛被割掉的耳朵,无法听见风声及风声中掠过的鸟雀。林中经常传来流水声,但看不到水波。也许有野猪在啃食坠地的野樱桃,它跟一株野果树的浓荫相互混淆。唉,我每一次返回山中,都不是为了寻觅而是为了遗忘。唉,真正的声音,总是包裹着丝绸般柔和的寂静。有个别花朵不是为了争取成为随便一个果实,而是为了打开自己——繁密有序的花瓣,嫣红而娇嫩的花萼——宛若玉石雕琢而成。它不是蝴蝶的仿制品,而是精美的杯盏,在飞翔中碰碎。有个别花朵成为鸟儿,鸟儿扑翅飞离,俨然是晦暗树林的灵魂,它像会飞的白色花。守林人踩着落叶,他灰色的身影,像一株省略了枝条的松树,加深了林中的幽暗,而被鸟群毫不费劲地穿越。一部分花朵成为果实,它们像一只只小圆镜,使树根匿身的小兽现出原形。一部分花朵,被微风吹落,像时光的碎片。林中的每一棵树都在虚空中伸出枝丫,触及时间果实的滋味,有没有一只果子,投入树木的核心,并像石子扰乱水波那样扰乱年轮?而一棵树的命运早已被预先设定,不会大于封闭的种子。我从林中小径走出,脸上染着雾水,而双手被阳光照亮……

我在漫步,也在遐思。路中央突然出现了一棵大树,仿佛半路杀出的巨人,于刹那间将我从幻境拉回了现实。这棵大树是我在团龙村看到的王者,我心怀敬畏,仔细端详。它从躯干上抽出了又一束喷泉般的嫩枝,它的树身朝着四面八方伸展。它像一个小树林那么安静,仿佛在微风中安睡。在它后头不远处的溪水那边,还有两株外观相似的巨木,看来是一伙的。恰巧,一位老人手执柴刀迎面走来,他说,这棵楠木活了一千年以上,像这样的千年老树,长寿谷有18棵。在旁边,那棵亭亭如盖的野核桃树,也生长了二三百年。这不容易,至少意味着在这段时间里,它们没有厌倦于生长,也没有一个人对它们下手。

我凝视着长寿谷的这棵大树,它有无数根枝丫,无数片叶子,但它仍在生长。它像童话王国里的巨人,孤独、威严,且略带羞涩。霞光散尽,薄暮笼罩着村庄,所有的树木、野花、草叶,仿佛晚霞织锦的细小花纹。而这棵大树仍保持庄严,它肃立着,犹如一尊佛像。对于归巢的鸟来说,每一根树枝都是一道滑梯,我看到鸟儿通过它进入树杈上的巢穴。

雨中登梵净山

当我们到达梵净山脚下的寨子时,暮色跟河流上涌起的浓雾纠缠不休。河岸上,风在吹,三五成群的树木姿态各异,景致怡人。寨子静谧、温馨,我的心也像流水洗濯的圆石,沉静下来。那一夜,我在蛙鸣、虫叫及晚风的低语中入梦。当我被鸡鸣及鸟啼吵醒时,发现一场雨不知何时已拉开帷幕,繁弦急管,声势浩大,雨声悦耳。沐浴在雨水中的寨子,有说不出的安宁和清静。幸好,待我们吃完早餐,雨势渐歇。有人说,山上说不准没下雨呢。于是,我们按原计划去登梵净山,每个人都用上了雨衣和雨伞,披挂整齐。

进得山中,细雨如丝,雨雾交融,山上一片白茫茫,分不清是浓雾还是细雨。我站在山上向四野眺望,天色竟逐渐开朗,有的山头已露峥嵘,座座青峰从乳白色的云雾中耸立而出,雍容大度,气势非凡。我们顺着木栈道往上攀登,路边繁林密布,野藤纠缠,不少林子怕有二三百年了吧。有一种树木躯干盘曲如虬、姿态奇特,树皮呈褐红色,表面像玉石般光洁,颇有质感。枝丫处堆满了墨绿色的苔藓,往下滴着水珠。往上到了一处观景台,举头回望,天色愈加晴好,有的地方隐隐然已有阳光如针尖从云层泄露,不少山峰被云海包围,犹如孤岛。梵净山气候变化无常,三里不同天,数秒转阴晴,除了云海,还经常有瀑布云、日出、天风、佛光等神秘莫测的奇观。当日大多无缘得见,但云海排浪层叠,耳畔似有惊涛呼啸,让我惊叹不已。

  在登山途中,我接受了大自然的教育,这包括一棵树一道溪流对我的教育,也包括一只甲虫一只蝴蝶对我的教育。在梵净山脚下的科普博物馆里,我见识了黑熊、野猪、大猫、野鸡、野鸭等数十种珍禽异兽的标本。梵净山是国家级自然保护区,有亚热带最完整的生物体系,至今仍栖息着黔金丝猴、大鲵、珙桐、冷杉、鹅掌楸等几十种珍稀动植物。我们在石板寨往团龙村的公路上,就遭遇了一群藏青猴。

  你瞧,晴天或阴天的天空,看上去就像是两个人。山顶上的云朵和洼地上的水潭,看上去就像是孪生兄弟。我想若在梵净山上看到日出,必定会想起祖父的一声叹息:"我看着粗糙的双手,镜中黝黑的额头,我一生中还没看过日出,而落日已像泪珠夺眶而出。"在暮色笼罩的石板寨,夜晚像砂纸将黯淡的群星擦亮。有好几年,我一直在寻找像木黄镇、石板寨、团龙村这样的宜居之地。我也曾在粤西乡下的一处幽谷住了好几年。在正午,天空像巨大的镜子,完美地反映着远山和草木,云朵的手帕沉入河底。野树掷出的白花,枝头上栖止的蝴蝶,它们像梦境一样虚幻。草地葳蕤而被溪流分割,洼地上蓟草的剑形叶片被风吹折。河床上露出的浑圆石头宛若史前巨蛋。雨水中,有一台缝纫机在滴答,闪电的纺锤仍在烟雨中穿梭。哦,雨后的天空,是一块蓝色绒布,染上了梦幻的颜料。而不同颜色的云朵，从布匹上涌出，仿佛蜡染的精美图案。千百年来，风从事物的内部吹起，不为人知。一群人站在斜坡上，他们感到自己像纸飞机被慢慢吹动，被吹动的还有身体里的废墟和鸟。每一个人都安装着一台电扇，吹走了尘埃和叶片，但幽暗寂静的森林是一座建筑物，雄伟坚固，不可摇撼。大多数的树木只是一根钉子，深深地楔入，并将头颅放在泥土中掩藏。而最大的树木，譬如梵净山上的一株千年银杏或金丝楠木，就像一间隐秘的储藏室，地上堆积落叶和果实，墙角放着家具和锯子。在时晴时雨的正午，我注视着天穹下的森林，我感到身上涌起的阵阵波涛，不仅来自山脚下的印江，也来自遥远的乌江、长江乃至大海。

　　限于时间，我们决定放弃攀登老金顶，直奔新金顶（又名红云金顶）而去。途经被喻为梵净山"徽标"的蘑菇石，高约10米，似是连体页岩，又像是两块巨石的叠加，上大下小，上端如伞，下端如柄，比例极不协调，看上去摇摇欲坠，危机四伏，仿佛一阵风吹过来，或者有谁大喊一声，都会使其轰然坠地。事实上，它在山巅上屹立了上万年，任由风吹雨打，稳如泰山。彼时天气转阴，细雨稠密，雨雾浑然一体，蘑菇石勉强能一睹全貌。远处的山峦、森林、云海已隐没不见，仿佛被一只看不见的大手将其抹掉。从此处往下走，是一处曲折斜坡，山风浩荡，冷意侵肌。细雨如丝如雾，若有若无。刚才我已叠好雨衣，此刻赶紧披上，权当风衣用了。这段小径由石板砌成，路边草叶修长，随风翻卷，来回倒伏，轻盈至极。走了一段，见路边有数角飞檐于雾中时隐时现，若有若无，淡得几乎难以辨认，颇得朦胧之美。待走近了，才知道乃山巅中的寺庙。在此处修行颇为僻静，上下不易，却又是游人登顶必经之途，跟万丈红尘维系于一线之间。

　　大伙儿在寺庙前的空地略作休整，抖擞精神，昂然向新金顶进军。我们走完了七弯八拐的木栈道，到达了新金顶的底部，仰首上望，只见金顶不大，底部到顶端的直径不过二三十米，却高达百米，四面都是悬崖峭壁，有一条登山小径蜿蜒而上，垂挂着数道粗大铁链，其险峻不让于华山莲花峰。雨丝飘降,云雾缭绕,小径湿滑。我向四周望去,白茫茫一片,分不清是云是雨是雾,我所处之地,倒像惊涛骇浪中的一叶孤舟了。往峰顶上望去,见上部约 30 米处有一线小峡谷,把金顶的上半部分均匀地一分为二,由天桥连接。两边各建有一庙,一座供奉释迦佛,一座供奉弥勒佛。据说,这金顶外观酷似土家族人做饭的甑子,当地人遂称之为"饭甑山"。此处有大美,却险峻崎岖。有人已捷足先登,有人边走边拍照。我收摄精神,手抓铁索,步步为营,慢慢往上攀登,耳畔传来照进兄的提醒——大家爬山时不要拍照啊——登山的小径几乎呈垂直状,幸亏有铁链,否则难如登天。我在途中曾大着胆子往下面眺望,明知是万丈深渊,但因水汽弥漫,云雾缭绕,也就隐约见到几块页岩,几株野树,望不甚远,也瞧不真切。按照进兄的说法,雨天虽然路滑难爬,但也有好处,省得因窥探脚下深渊而带来惊惧。我们顺利爬上顶端,通过"天仙桥"欣赏两端的美景,除了所建小庙,仍保留着梵净之巅的特有页岩。新金顶小巧灵秀,险峻雄浑,亦是一奇。

除了新金顶上的页岩,梵净山顶部均由无数座页岩堆积而成,亦为一大奇观。那些页岩远远看去,酷似书页,惟妙惟肖、栩栩如生,像一堆堆书籍,满山放置,怕有十数万卷之多。有的随意堆放,有的码得整整齐齐,有的被清风乱翻,仿佛等人来阅读。古人有诗句云:"遍地纵遭秦火劫,名山还有未烧书。"由此,不妨称此山为书之山。当我们返回途中,天色又渐次开朗,云海退潮,远山逐渐露出真容,峭壁中的林木密不透风,满眼苍翠。远处传来水声,峭壁间飞瀑如裂帛,溪水明亮如铜镜从密林中透出光来。山崖上常有一树繁花猝然撞入眼帘,花朵密密匝匝,红红白白,像火焰焚烧着每一根枝条,又像劈头一声怒吼,犹在耳畔回荡。

(载《太湖》2015 年第 1 期)

作者简介：

　　黄金明，1974年生，广东省作家协会专业作家，中国作家协会会员。作品发表于《人民文学》《诗刊》《散文》《十月》等期刊，入选《新中国60年文学大系》《全球华语小说大系》《当代先锋诗30年：谱系与典藏》等180多种选本。出版散文集《少年史》《乡村游戏》《与父亲的战争》、诗集《陌生人诗篇》等多种。参加诗刊社第24届青春诗会。获第九届广东省鲁迅文学艺术奖、首届广东省小说奖、首届广东省诗歌奖、第二届广东省散文奖、首届广东省青年文学奖等奖项。

印江油纸伞——田谯军 摄

犀牛洞风光——戴恒树 摄

梵净朝晖——戴恒树 摄

印江穿城堰——王文 摄

印染-晾晒——甘述华 摄

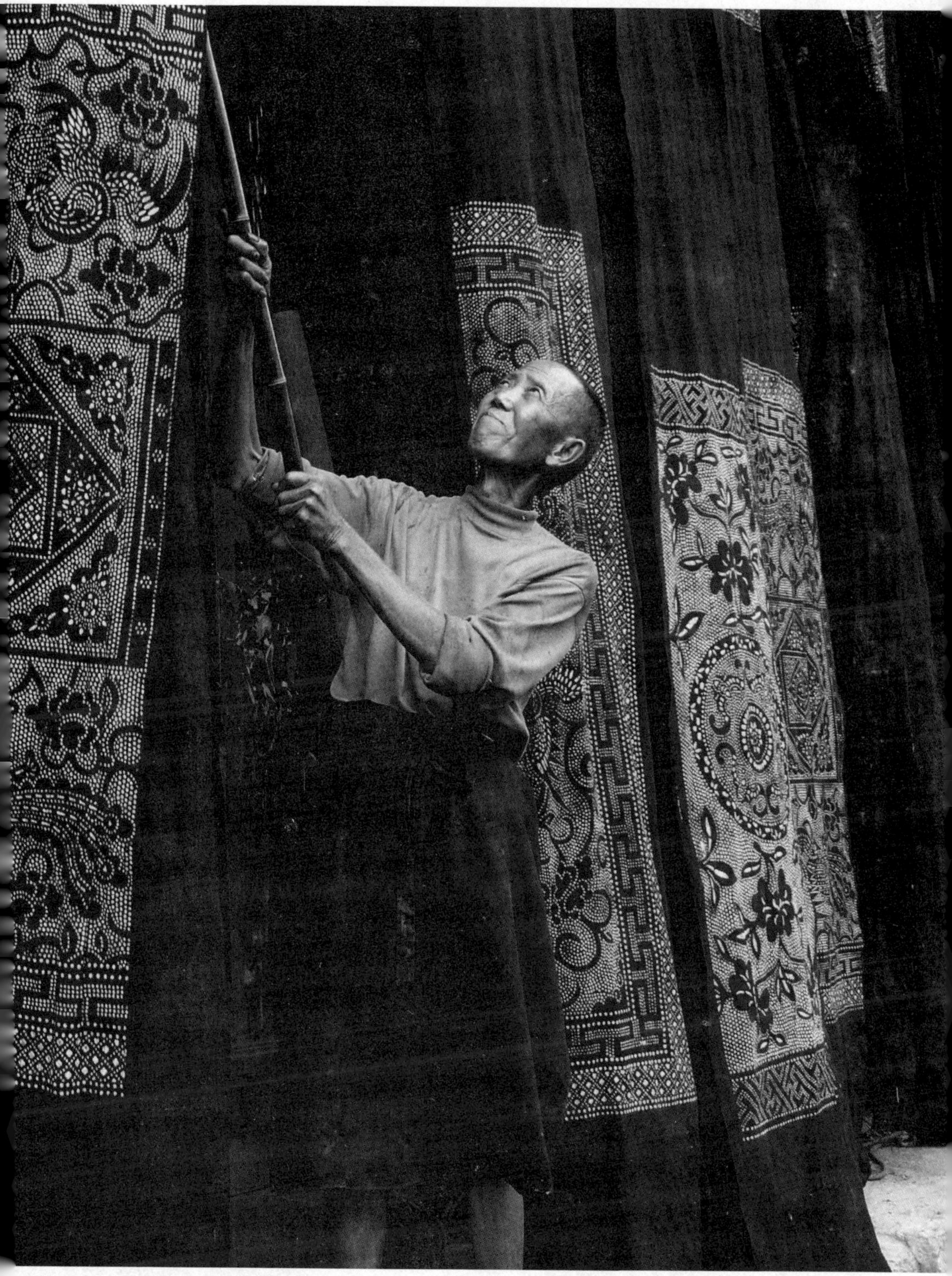

印江古法造纸——蔡文生 摄

碾纸——王文 摄

青山不碍白云飞

付秀莹

都市待久了,再恬淡的人,也不免染上些许的戾气。倘若叫做剑气,便是称赞的意思了。戾气抑或剑气,都难免有或多或少的兵气。兵气销为日月光。这是诗人的心愿,想来也是凡夫俗妇的心愿。都市米贵,居之不易,更何况,世俗的流矢纷纷落落,怕是只有志在林泉之间的隐士,才有可能得大自在吧。有时候,一面在滚滚红尘里苟且偷生,一面不免生出几分不着边际的幻想。什么样的人生值得一过?什么时候,才能够真正按照自己的内心生活?

不期然地,这一个五月,在贵州,梵净山麓,仿佛一个隐喻,把我对生活的幻想忽然唤醒了。这世上,竟还有这样一个地方。好山好水,教人直想把名缰利锁,把万丈红尘,都随手抛了,在这山水里一生游荡,直至终老。

从贵阳到印江,一路上,惊呼,赞叹,后来,渐渐地,便只有沉默了。面对着这样的山水,我们还能说什么呢?似乎,任何语言都是无味的,虚空的,缺少丰富而准确的所指。在这里,语言失去了修辞的作用,成为情感的赘物。除了沉默,还是沉默。在这长久的沉默中,对于生命的回顾和自省,对于内心的询问和打量,都化作审美的思索的碎片,在山水间自由游弋,随意洒落。

汽车在山间行驶。青峰壁立,山路如一条饱蘸了魔法之水的绳子,从不可知的远方垂落下来,蜿蜒,曲折,是吸引,也是诱惑。车窗外,随意一瞥,便是一幅绝美的山水大画。信手拈来,便是唐诗宋词里的经典段落。五月的山,是绿色的。这是大西南的绿色。没有北方的苍莽,也不似江南的清隽。这一种绿,柔软,鲜美,是绿的烟云,绿的雾霭,在黔东大地上,绿成缠绕的润泽的画意。

这么多年了,难得见到真正的雾。在北京,多的是霾。雾,早已经成为童年时代的乡村记忆,在所有路的尽头,在乡愁的最深处,聚了,又散了。那些清新的早晨,刚从梦中醒来的懵懂的村庄,晨曦中静静延展的河堤,大河套里饱满绚烂的果园,在透明的雾中渐渐浮现。青草,庄稼地,鸟鸣,露水,炊烟,它们是雾中的美好事物,是乡村的注脚,是故园的题词。这一个五月,在黔东大地,这些温暖而又忧伤的往事,像雾一样,慢慢浮上心头,笼罩了我的心绪。仿佛,时空在瞬间发生转换,而眼前的满山烟云,在五月的葳蕤的绿中,宛若一桩缥缈的心事,说也说不得。

不知什么时候,天上飘起了细雨。丝丝缕缕,融入这无边的绿的烟霭中。山上的绿意更见清明了。幽幽的,润润的,仿佛只要伸出手去,轻轻一掬,便把这五月握在掌心了。山是绿的,水是绿的,雨丝也是绿的。衣衫飘曳,一不小心,便被染绿了。这纷飞的雨丝,落在山水之间,落在人的心里,把凡俗的铅华慢慢洗净,把世间的灰尘慢慢清理。这么多年了,在尘世间跟跟跄跄地行走,究竟有多少飞尘,蒙住了我们天真的初心?窗外,有民居一掠而过,粉墙黑瓦,素朴的,家常的,散落在山水之间,那么的妥帖,安定。教人不免想起与山水晨昏相对的,妥帖的安定的生活。偶尔,有山民负着背篓走过,一脸的淡然笃定。世事如烟。永世中绵长的日常,日常中片刻的永恒,便是如此吧。

在印江,早晨起来,到江边散步。江水清澈,缓缓地流淌。两岸的树木和房屋,在水中投下颤巍巍的倒影。小木桥上,有早起的人走动。新的一天自然降临，人们并不感觉诧异。坦然，自在，悠闲，从容，是慢生活的典型样式。这个时候，一朵正在静静开放的花，一张缀满露水的蛛网，一片被风吹落的依然青翠的叶子，一根鸟飞行时偶尔遗落的羽毛，都在这慢生活中慢慢凸显，呈现出它们原初的真实的面目。是不是，只有慢下来，才能够更真切地凝视，更体贴地触摸，才能够把感觉的触须，更深入地探入事物的内部，看见原来没有看见的，听见原来没有听见的？这个时候，心是澄澈的，可以看见世界的倒影。世间的万事万物，都在念中，亦都不在念中。

那一晚，我们宿在山下的小木楼上，名字叫做杜鹃园，却不见杜鹃。当地的朋友说，杜鹃开花的季节过去了。要在四月间，满山杜鹃花开，那是一种轰轰烈烈的美。那样的美，不是柔软，不是诗意，不是哀愁，不是忧伤，而是一种怒放的傲然，一种燃烧的恣意，那一种壮阔的苍莽的美，不是教人怦然心动，而是教人惊异和震撼。我们无缘亲眼看见杜鹃花开，但可以想象，漫山遍野的杜鹃绽放，独享天地之间，该是怎样一种磅礴气象。而夜晚的小木楼则是温柔的。红灯笼斜斜悬在廊檐下，柔暖的光把山野的雨夜点亮。黄的木楼，红的灯笼，大山苍茫，夜雨潇潇，在廊下闲坐，喝茶，听雨，想前尘，忆往事。这真是难得的光阴。

在茶园，正遇上茶农采茶。远远地，有歌声迤逦而来。歌词不甚清楚，大约是当地的民歌。歌声在天空和茶园之间，回环往复，隐隐有缭绕的回声。见有人拍照，也不躲闪，歌声依旧，劳作依旧。大约此刻，歌声便是他们的语言，劳作的欢乐和艰辛，他们用歌声来诠释和表达。绿茫茫的茶园里，鲜艳的民族服装时隐时现，歌声仿佛鸟儿，在山峦间起落，跌宕，萦绕。背后的山上，可以看见墓地，一座一座，高高地隆起，也有新坟，飘摇着白的纸幡。这淳朴达观的山民，在这深山里，默默劳作，度完一生，生于泥土，最后归于泥土。群山静寂，大地无边。或许只有他们，才有可能真正领略生活的真义。

在山下的村子里喝到了罐罐茶，这是当地山民自己熬制的茶。粗朴的茶具、醇厚的茶香,带着草根的滋味和泥土的气息。被咖啡和甜饮宠坏了的舌尖,或许不惯这般的苦涩粗粝,然而细细品味,竟不由为这大山里的罐罐茶惊艳了。苦,厚,涩,香,醇,有丝丝的回甘。这罐罐茶的滋味竟仿佛一个短篇小说,丰富复杂,一言难以道尽。坐在长廊上,清风过耳,满目碧水青山,歌声与茶味一起缭绕,在耳边,在舌尖,在内心深处,在生活的褶皱里。

打糍粑,却简直是一种舞蹈了。把蒸熟的糯米放在石槽里,用石锤不停地捣,直到成泥。看着村人娴熟的动作,不禁手痒,而真正学着他们的样子,笨拙地尝试的时候,却总是不成。这民间的智慧果然厉害。雪白的糍粑,滚上炒豆面和白糖,又甜又糯。那滋味,仿佛春日的黄昏十七岁的姣好女子,在秋千架上蓦然之间的回眸一笑。大人们忙着打糍粑,孩子们跑来跑去。是节日的气息,世俗的,欢腾的,有着细细的红尘的影子。糍粑,这民间的小吃,有多么的美味可口,就包含了多少代山民对生活的祝愿和祈盼。朋友无意间递来一块熟糯米,竟是另一种意外的味道,纯粹的干净的米的清香,叫人想到阳光下的稻田,饱满的稻穗,在风中的自由舞蹈。

据说,这村庄有一棵千年的古茶树,早年是历代的贡品。这里是真正的茶乡。在茶乡,怎么能喝不到好茶呢。随便走到哪一家,总有上好的茶水享用。碧绿的茶叶,遇到水便活过来了。在杯子里旋转,起落,一叶一叶地玉立着,看上去,仿佛是葱茏茂盛的热带雨林。是不是茶树叶子的精魂,重又被清水唤醒,在小小的杯子里,在人们的唇齿之间,以最初的形色容颜重新活过?遥想当年深宫里,庙堂上,朱门绣户开阖之间,氤氲的茶香茶韵,随风飘了千里万里,在某一个黄昏或者清晨,辗转飘回这深山里的村庄,回到这棵千年不死的茶树。金凤玉露,魂兮归来,这是古茶树的千年一梦吧。当地朋友提醒我们,在贵州,宾馆房间里的茶最好不要丢下,哪怕是再简陋的小旅馆,只要是当地的茶,都是好的。我们不禁后悔起来。

有千年古茶树,还有千年紫薇王。在印江自治县永义乡,这株紫薇王高达38米,冠径达15米,经专家测算,已经有1380多岁了。据说,如此高大古老的紫薇,世上仅有这一棵。因为属于第三纪残遗植物,堪称典型的活化石。这株紫薇王枝繁叶茂,每年脱皮一次,开花三次,花色红白相间,明艳不可方物。紫薇王只开花,不结子、不繁衍,树枝树叶均可入药,被当地人奉为神树。村民们时时来这里上香祈祷,请神树佑护这一方土地风调雨顺、百姓安宁吉祥。香烟缭绕,供品芬芳,人们往来不绝,而古树沉默。沉默了千年,伫立了千年。历经了千年的风风雨雨,古树看到了什么,听到了什么?立在古树前仰望,斑驳的日影从枝叶间坠落,风声,鸟鸣,一朵云彩悠悠飞过。生年不过百岁。时光倏忽,人不过天地间一过客。千载之下,风烟俱净,而千年的紫薇花开花落。树犹如此,人何以堪!一念及此,生命中所谓的得失,荣枯,穷达,都不足论了。

来梵净山之前,只是隐约听过这个名字。梵净山是武陵山脉的主峰,中国五大佛教名山之一。梵天净土,大约得名于此。到贵州的第一天,便暗暗怀着一种期盼,觉得梵净山或许会是这次贵州之行最浓重的一笔,也是黔东大地最华彩的章节。登梵净山,是日程的最后一天了。头一天晚上,下起了雨,夜阑雨浓,声声入梦。原本好雨的人,竟隐隐地不安了。早上起来,雨还在下着,大家都不免有些担忧,难道同梵净山的缘分竟是如此的浅么。在廊下看雨,也是忧虑的神情。后来看小雨淅沥不断,没有停歇的意思,到底是冒雨登山了。

山脚下,远远地看那索道,在蒙蒙细雨中仿佛一痕一痕的水墨线条,细细的、淡淡的,映着灰蓝的天空,越来越远。时而,像是要融化在渺远的天际;时而,又在峰峦叠嶂之间若隐若现了。待到真正坐上去的时候,随着索道的缓缓升起,一颗心也慢慢地提起来,提起来,一直提到嗓子眼。看着群峰如奔马在下面起起伏伏、汹涌不止,紧闭着嘴唇不敢张开,生怕怦怦乱跳的心会不小心蹦出来。窗外白的云雾缭绕着青的群山,瞬息之间,有万千变幻。光与影的交错,雨和露的交融,在风中明暗不定,神秘、缥缈,如同一则远古的神话。烟云满山,天边似有隐隐的笙箫、飞扬的衣袂,仿佛到了天宫仙境。天上依然下着细雨。或许是湿气蒸腾的缘故,随着索道的逐渐升高,云,雾,霭,以及水光,以及山色,彼此之间慢慢地交织、渗透,云海茫茫,峰峦苍翠,二者相互掩映、缠绕、遮蔽、呈现,仿佛一个巨大的谜语,等待人们去慢慢揭开。又仿佛一个幽深的隐喻,相互形容,相互修辞,相互佐证。好像是转瞬之间,云雾流荡,浩浩荡荡,不知道,这是不是著名的瀑布云。瀑布云,有云的轻盈和缥缈,也有瀑布的磅礴与气势,从远处某一个峰顶飞流直下,倾泻千尺万尺,直把人看得呆了。此时此刻,语言失去了功能。无力表达,无力修辞,甚至,无力在斯情斯景来临之际,有只言片语的描述。我们只有惊呼。惊呼之外,还有默然。能说什么呢?面对着这样的奇景,任何语言都是多余的。在大自然的神奇造化面前,唯有静默,震颤,以及审美,以及领悟。

　　出了索道,我们徒步爬山。雨依然在下着。越往上爬,雨衣似乎更一变而为御寒的工具。山中有四季,果然。奇藤、异草、怪石、清流,触目皆是。爬山的过程,或许亦是修行的过程吧。据说,倘若心诚,会在金顶看到佛光。大家兴致正浓,比着要上金顶。梵净山有两个金顶,一个是新金顶,一个是老金顶。新金顶又叫红云金顶,因常年有红云缭绕而得名,又宛若一根巨大的擎天柱,直插云际,是梵净山重要的山标。仰望着白云深处时隐时现的峰顶,不免有些胆怯。雨天路滑,这样险峻的山路,实在是对人的体力和意志力的挑战。迟疑了一时,到底想试一试。

　　然而,还是低估了梵净山,低估了新金顶的难度。几乎是垂直90度,直上直下,陡峭得惊人。山道逼仄狭窄,仅容一人通过。没有迂回,没有余地,没有退路。怪石嶙峋,铁索冰凉。冷的雨水不断落下来和脸上的汗水淌成一片。周身僵硬,如同一张紧绷的弓弦,不敢往下面看。倘若是晴天,那一种清晰的高度,审美的眩晕,定会令人在分神的瞬间,失足跌落。好在是雨天,云雾遮山,千峰茫茫,看不见万丈深渊的深,也看不见千仞孤崖的险。然而,还有想象力。人的想象力是多么的可怕。

想象力的疯狂,竟然同体力极限的临近一样,不可遏止。云飞雾卷,风雷骤至。我们穿着雨衣,援石级而上,恍若登上天梯。深峡中向上仰视,一线天光垂照,恍惚间似有飞桥相连,在雾中若隐若现,那大约便是"天上"风光了吧。

总算是登上了金顶。极目远眺,梵天净土,八百里风云,尽在怀中。

雨依然在下着。山顶上,风更大了。细雨乱飞。雨衣被吹起来,飒飒的碎响。这便是梵净山的最高峰了。来时的种种惊险、困厄、忧惧、彷徨,此时都不算了。只是在日后的笑谈中,才被不经意地提及。然而,铁索、岩石、雨水、青苔、深峡、峭壁,它们的温度和凉度、硬度和湿度,于我们,不仅仅是肌肉记忆上最深的刻痕,更是精神记忆上最深的烙印。无论如何,尽力过,经历过,有过。哪里是开始?哪里是结束?或许,我们在哪里,哪里便是世界的中心。

会当凌绝顶,一览众山小。这样的气概竟不曾有过。在这梵净山著名的金顶,看着云海中静默的群峰,竟只有满怀苍茫。在自然面前,人是多么的微不足道。金刀峡、天仙桥、定心水,那些美丽的传说,或许不过是世人的虚构罢了。而这沉默的苍莽的梵净山,本身便是一个沉默的苍莽的传说。转眼风云相会处,平空移步做神仙。小心翼翼地从孤桥上走过,看满山风云涌动,竟真的有羽化的幻觉了。

下山便容易得多了。雨已经停歇了。从另一条小道,慢慢下山。清风满怀,抚慰着一颗归心。

贵州,黔东大地,梵净山。青山不碍白云飞。

(载《梵净山》2014年第3期)

作者简介：

付秀莹，女，1976年生，河北无极人。中国作家协会会员，北京作家协会签约作家，北京作协青年创作委员会委员。有多部小说发表于《人民文学》《十月》《中国作家》等文学期刊。作品被《新华文摘》《小说选刊》《小说月报》《中篇小说选刊》《中华文学选刊》等多种选刊选载，收入多种选本、年鉴等。小说集《爱情到处流传》被翻译成英文版。曾获首届中国作家出版奖。

梵净山——一个人心中的光

吴恩泽

在许多个月明风清的深夜,我常常冥思苦想,在那一个夕阳西下的时候,为什么我会像一滴雨水,潇洒地,自如地,情不自禁地降落在她的一道折皱里,开始了又一种形式的生命?看似云遮雾罩的事物,其实中间自有着只有上苍才能知悉的历史与血源的牵连。是谁在几千年的岁月里,不绝如缕地一再呼唤着我那因战争、因瘟疫、因天灾、因欲望……而流离失所的先民?就是她。是她从右臂腋下流出的乳汁一般的两条河,一条人们把它称为酉水,一条人们把它称为辰河。这两条河在武陵山脉的丛山峻岭间穿越,汇成一流沅江,最后注入烟波浩渺的八百里洞庭。

难以数计的失败的个体、家族以至部落,都义无反顾地向她靠近,祈求她的收留与荫佑,很大程度上是一个名叫屈原的亡国诗人导引的,是他的流亡诗歌那无与伦比的想象与风华绝代的文辞,让疲于奔命的人们,看到了无极的寥廓洪荒与绵延不绝的岸芷汀兰,甚至貌可倾国的山鬼与神通广大的云中君……于是溯着辰河,溯着酉水,他们或在蓼花盛开的皋地,或在枫叶飘红的沃土,落下了他们像浮萍一样的双脚,获取到了他们与生俱来的一衣一饭。他们便平直地尊她为"饭甑山"。

于是我想到了陶渊明。说来惭愧,少年时代因为众所周知的阶级分类,我求学的机会不多,知道陶渊明的名字还是来源于一篇小说。小说的标题叫《陶渊明唱挽歌》,发表于20世纪60年代的《人民文学》上。那时的我自然不明白这个放着好好的官不做而自愿去当一个"老知青"的人,为什么要唱挽歌。后来,拜读了他的《桃花源诗》并《记》后,总算多少明白了一些《挽歌》冰山下面的题旨。

陶渊明说"桃花源"之奇幻故事,目的之一在于否定乱世暴政;目的之二在于通过桃花源世界的描写,表现自由自在的社会理想——原来我的先民在她的怀里就是寻找这样的生活。战争带给的痛苦记忆,已经令他们身体内部的DNA都噤若寒蝉了。

也许正是屈原与陶渊明两位大师的生花妙笔,使辰、酉二水成了中国土地上最受人们关注的河流之一。不过,她还在等待,等待另一个文学大师的青春邂逅。

20世纪20年代的一个日子,流浪在辰水上的少年沈从文正在湘黔边境无所事事的时候,一只从上游驶来的船竟叫他的眼睛突然一亮,他深情地写道:"铜仁船……在形式上可谓秀雅绝伦。"

"秀雅绝伦",是少年沈从文由衷献给她的一句赞词,根据他在《湘行散记》中的一篇文章所说,他的草鞋曾经在辰、酉二水之源溅起过几朵浪花。他说,翻过辰、酉二水源头的门槛是一座叫做棉花的大山,这座大山消耗了他一天一夜的时间和年轻人那强健的精力。彼时彼刻的沈先生已失去了许多的少年浪漫,但沿途那具一格的民居建筑却留给了他深刻的印象——"沿河多油坊,祠堂,房子多用砖砌成立体方形或长方形,与峻拔不群的枫杉相衬,另是一种格局,有江浙风景的清秀,同时兼北方风景的厚重。"

明白了,正是文学大师们这种草蛇灰线的风声雨迹,让包括我在内的无数飘飞天涯不肯轻易相许的灵魂,都溯水而上在她的怀里呱呱坠地。

如果这也可以称作谋面的话,我与她瞬间的一瞥,应是12岁的时候。那一日,我作为一个刚跨入初中的新生,正跟着老师在乌江边一个偏僻的山村里学农。寥廓的秋空下,一群少不更事的少男少女像蚂蚁一样在一座由她绵亘而下的大山上疲于奔命,从蔓生的野草中择出成熟的豆荚。与天等高的山顶便是我们的终点。随着骄阳一点点地西斜,我听到了头上惊异的声音:快看,梵净山!

　　我知道梵净山就是她最新的名字,说是最新,也有几百年天下了,是她金顶上弥勒道场最鼎盛时万历皇帝朱翊钧的敕封。其实除了梵净山之外,在她众多的名字中我比较喜欢的就是"九龙山",因为这名字是一千多年前像徐霞客那样的旅游者对她的形象概括。你看,在高耸云天的上面,是红云、月镜、凤凰三鼎比肩,然后朝四面八方绵亘而下九支山脉,翻云覆雨,气吞万里。不过,比我想象得更浪漫的还是那些晨钟暮鼓的女性佛徒们,把她视为天造地设举世无双的九瓣金莲,弥勒菩萨就打坐在这朵九瓣金莲之上。

　　此时,我忘记了一切,随着激动的人群拼命地往山顶攀登。但是,当我置身在周围一片欢呼雀跃声中时,眼前除了一浪高过一浪的不绝山岭之外,什么也没能看到。对于我无奈的茫然,周围的老师和同学都十分着急地导引,急切的语言描绘对我依然无济于事,清晰在人们眼中的图像于我却好似遥不可及。就在大家惋叹她就要隐于一片云彩之后的一刻,我突然感觉到了一团奇异的光焰在极目处升起,彻照了自己的五脏六腑。这种透明的欢悦令我疯狂地大叫了一声:我——看——见——了!

　　在我的心中,她原来就是那一团洞明天宇的光芒。

　　我终于在宿命的忧伤中长成了一个青年,并且命运的潮水将无助的我搁浅在了她一支骨脉下的一个乡村小学求食。苦难于我早已麻木,政治上的歧见和迫压才是悬在头顶欲要置我于死地的达摩克利斯之剑。那种异常的早春枯萎唯有在无眠的寒夜里偶现遥远的少年奇光,方可感觉几滴雨露满口生香。

在我青春的记忆里,梵净山成了世界上最大的阶级敌人。人们对她锲而不舍地砍伐、烧荒以及斩草除根地围捕、毒杀……而且都是"以革命的名义"。

在那些心碎胆裂的日子里,对她那仅有的一点少年的玄妙之光似乎荡然无存了,就像倾盆大雨下的一颗星火。我认定自己这一生与她是无缘了。在好些日落的黄昏,我守着从山之纵深流出来的一弯与日俱减的溪流,常常泪流满面。

我能够踏上朝觐她的山路自然是称为粉碎"四人帮"的年月了。出发的日子是阳春十月。我们取北路上山,夜宿天庆寺院。说是寺院其实只是一幢简陋的木屋,天宇琳宫早毁于历年人祸。有一个老尼住持。这个老尼听说我们要去面觐她的真身,神色间显得十分感动。她为我们寻来一个自愿带路的山民,还连夜为我们准备了爬山的米糕。

是夜不能入睡,原因是远近的山民像从地下冒涌出来一般,在漫长的秋夜里突然都汇聚到了这座孤苦伶仃的寺庙里来了。他们在残存的菩萨面前祭烧香纸,又在旷坪上燃起篝火,架上铁鼎熬煮苦丁茶水。然后有人拖长了声音大声朗诵开了经文,也有人向着旷夜吼开了佛歌,间隙处便是擂响铜锣木鼓……热闹像火光一样辐射着杳不可测的四野。这样的情景竟让我们生起了一种莫名的恐慌。老尼像知道我们的心事似的,三番五次向我们解释这只是山民们守秋的一种农事传统。她还将我们带到寺外,指着满山等待收获的苞谷、黄豆和红苕说,你们仔细听听。黑夜的那边各类野兽似乎正在欢庆它们的丰收节日。锣鼓震耳欲聋的一刻,它们也有片时的收敛。山民们有的是对付野兽的方法,怎么却舍弃不用呢?对于我们的惶惑老尼没有回答,然后就把我们送回厢楼就寝。当她为我们燃起香草驱散蚊虫时,还是温馨地对我们说了一句,佛山上生命都是平等的。这句话在这样一个陌生的秋夜里,就像一星光亮划过暗夜,好似我儿时幻见过的灵光。

记得我们从天庆寺出发的时候正是秋阳高照,一到薄刀岭则立转雷雨交加。我们终于登上山顶的时候,近在咫尺的她的金顶却用无边的云海将我们拒于千里之外。眼前除了澎湃汹涌的瀑布云雾,撼天动地的平地风雷外,一如梦幻泡影。

那一夜,我们找寻到了一个不知是何代高僧修炼的山洞权且栖身。一夜的风声、雨声、野兽嚎叫声令我们辗转反侧,迷离时刻石壁上竟溢出了木鱼的金石音响,我若有所悟——她就端坐在尘世之上,花开花谢,云舒云卷。

在她亘古的年轮交响乐中,遭遇到的地震、火山、冰川、洪水还有战争等灾难已经不可胜数,面对这些天灾与人祸,她包容、善待、教化着迷失了方向的所有生命,并且等待人类中的一个个"大觉者"出现。她相信他们会出现的,"大觉者"们会与她融为一体,化为一身,山即佛,佛即山;山即道,道即山;山即巫,巫即山;山即圣经,圣经即山。

她的世界人类很难参透,而她对人类世界却了如指掌。她的每一道山梁,她的每一条河谷,都记录着人类的悲欢离合、生老病死,一页一页,无穷无尽。

我非常渴望能够将发生在她身边的故事诉诸笔端,以奉献在世人的面前。我自然知道自己的叙述微不足道,因为她的历史是那么悠久繁复,她的人文是那么多元异端,她的风姿是那么婀娜不凡……我能拥有的就是长存在心间的一束时明时灭的圣光。这样也许就够了,那么就让我祈盼能在她无边的原始洪荒中,捕捉到她无处不在的智能与灵感吧!

永远的乌拉尼亚

2008年,法国作家勒克莱齐奥的长篇小说《乌拉尼亚》荣获了诺贝尔文学大奖。小说对现代文明提出诉讼,与消费世界展开战争,在现实中创造出了一个想象的国度,一个现代文明之外的天堂。当然,《乌拉尼亚》只是一个杰出作家面对当下骗子横行世界而做的一个美梦,就像古代陶潜先生为武陵山区描述的《桃花源记》以及我们地域现代的文学大师沈从文的《边城》美梦一样,最后都只可能成为一座虚无缥缈的海市蜃楼,一个作家唱给这个光怪陆离世界的一曲挽歌。

此刻,我的耳边就响起了冰雪世界中胡巫师那不绝如缕的巫歌,一篇寻找与失去乌拉尼亚的起承转合的史诗叙述,好让人心潮沸涌,也好让人缠绵悱恻。

那些歌,那些人,那些高兴或伤心的事都已经成为过去,就像头顶的一片云、身旁的一阵风,来了又去了,去了又来了,你无法感受到那一片絮云、那一阵短风的无法承受之轻。

溯水逃亡寻找"桃花源"的先民时代一风吹散,无数次的败退之后,他们的后代只能蜗居在梵净山的九十九溪里,似乎是天之尽头了。他们的桃花源理想还存在吗?

依然是寻寻觅觅,诚如那首熟悉的台湾旋律所唱:

不要问我从哪里来,

我的故乡在远方……

看来,不知道故乡在哪里的人,不仅仅是芸芸众生,甚至那些人类中的智慧者,比如写出绝世大作《红楼梦》的文学天才曹雪芹,不也常常感叹,总把他乡作故乡。

远方,远方的故乡究竟在哪里?

如果说我的祖辈是因为血写的历史而轰毁了乌拉尼亚的话,作为后代的我们,则完全丧失了"故乡"的概念,因为一个万年一遇的末日劫难被我们碰上了。

那样的劫难终于成了过去,一个美好的 20 世纪的 80 年代来到了,我似乎又回到了我的童年,是的,一个有限度的容得下梵净山巫,容得下老子的道,容得下孔子的儒,容得下耶稣的基督,也容得下梵净山大佛的童年。

我看到了我的乌拉尼亚,在海面上慢慢升起来了。

童年毕竟是短暂的,疯狂的物欲时代来到了。"潘多拉魔盒"一旦启封,神州土地上似乎就失去了灵魂的净土。黄的、白的、红的、蓝的、绿的、紫的、青的诱惑纷至沓来,障住了灵,障住了空,障住了智,也障住了善。

所幸的是,"名岳之宗""人与生物圈保护网"的梵净山没有被障住。恰恰是这些14亿年前参与了创造与哺育生命的神山、圣土,此时以不可扼制的力量向走入物欲迷途的人类,发出了神秘的召唤,来吧,走进我的山里,让我走进你的心里。

好多好多在物欲红尘里伤痕累累的人向着她走来。

应该是新世纪开始的2000年吧,我遇上了这么一个年轻人,他背着一个挎包,很普通也很新潮的。他坐在一块被梵净山水冲刷得溜光、浑圆的石头上,对我说,要来寻找一个人类没有发现的地方,这个地方在现在的地球上还有吗?如果有,她可能在哪里?他的最后的理想之地竟然指向了处于中国西南部的梵净山。梵净山那时名不见经传,他却来了,一种来自梵净山声音让他感觉到了心的宁静,太久的红尘纷扰也暂时远他而去,于是他便顺着我先辈当年溯水逃亡的路线寻来了。

他叫张泉。

与他交谈中,我感到他比好多生于斯长于斯甚至死于斯的人对梵净山的了解还要深透。他谈到了佛山的弥勒道场,谈到了梵净山巫,还谈到了最古老的生命摇篮……他认定了梵净山就是他及大家要寻找的家园,并且要倾注毕生之力来建设好这个人类共同的家园。

他说他来自武汉三特索道公司,是公司的一个代表。他们公司在全国许多地方比如:海南、华山、千岛湖、内蒙古、黄果树……都有分公司。他给我说,他们公司最终选择梵净山作为他们事业的乌拉尼亚,原因就是两点,一是美轮美奂的生态环境,二是多姿多貌的长江中上游文化。梵净山的存在,是生态地球与人文世界的一个奇迹。

我不怀疑他们对梵净山的热爱与崇敬,不能理解的是,一个以追求经济效益为最大目标的旅游企业,与人类梦想中的乌拉尼亚或桃花源,南辕北辙的两端怎么能和谐统一呢?

他的眼睛里闪烁着熠熠光点,动情地道,现在旅游已经成为世界人类生活、生存乃至生命的重要选择。但是仅仅把旅游看成是花一些钞票游山观水、吃喝玩乐,层次未免太浅。其实高度城市化了的人们为什么会选择出门旅游,也是对物欲世界的厌烦与无奈,追寻心中潜在的乌拉尼亚呀!如果我们能把梵净山建设成一个你们先辈曾经梦寐以求的桃源世界,让每一个来到梵净山朝圣的人、观光的人、休闲的人、修心的人……都被世界一流的生态环境惊叹,都受和谐共处多元文化感染,都为当地百姓的富足日子钦羡,都蒙大自然的无上恩典。这不正是梵净大佛亿万斯年的祈愿吗?

我把他们戏称为旅游事业的理想主义者。

说话间,很多日月过去了,梵净山的情况现在怎么样了?

这里先照录一段《灵山》对往昔黑湾河的描写吧——

我随后也到河湾边转转。浅滩上河水活泼,阳光下清明晶亮,背阴处则幽黑而平静,又透出几分险恶。岸边树林子和草莽都过于茂盛,葱郁得发黑,有种慑人的阴湿气息,想必是蛇们活动的地方。我从独木桥又过到对岸,林子里有五六户人家的小村寨,全是高大老旧的木屋,墙板和梁柱呈黑锈色,可能是这里雨水过于充沛的缘故。村里清寂,没有一点人声。屋门一律洞开,横梁以上没有遮拦,堆满干草、农具和木竹。我正想进人家看看,突然一只灰黑毛色相杂的狼狗窜了出来,凶猛叫着,直扑过来。我连忙后退,只好回到独木桥这边来……我背后传来女人的嬉笑声,回头见一个女人从独木桥上过来,手里舞弄一根扁担,扁担上竟然缠绕着一条足有五六尺长的大蛇,尾巴还在蠕动。她显然是在招呼我,我走近河边,才听清她问的是:"喂,买蛇不买?"她毫不在乎,笑嘻嘻的,一只手扣住蛇的七寸,一手拿扁担挑住盘绕扭动的蛇身,朝我来了。幸亏(管理)站长及时出现,在河那边朝她大声呵斥:"回去!听到没有?快回去!"这女人才无奈退回独木桥那边,乖乖走了……

《灵山》描写的还是进山的路口,梵净山比这偏僻、贫穷的村寨所在甚多。1965年暑假我奉命去冷家坝河谷为一所村小学选址,食宿在高崖洞一个十分慈祥的老妈妈家。应该说1965年是共产党建国以来群众日子相对安宁的时候,因为三年难关过去了,"文化革命"又还没有爆发。即使这样,身处穷乡僻壤的农民也还是糠菜半年粮啊。记得那个老妈妈为了让我们这些来自山外的年轻先生们吃得好一些,真是将一颗心都操碎了。每到吃饭的时候,她都要动情地对我们说:你们来早一些,家里还存有几个洋芋;你们晚来几天,山上的南瓜也就老了。现在来,青黄不接呀,你们就将就一些吧!这个老妈妈的话,一辈子都铭刻在我的心上,永远不会忘记了。如今想起她当年的话忆起她当时的神情,我的眼睛就会情不自禁一阵阵潮湿……

就在三特公司梦里对梵净山千百度相寻的时候,许多的资本都潮水一般涌来了,因为他们知道,梵净山旅游的瓶颈就是索道,黑湾河的土地突然成了唐僧肉。这些年洪水泛滥,南方冰冻,持续旱情,都是百年不遇,三特公司的员工们,经历了一生中最多的磨难。终于被视为天下奇观的梵净山索道完成了。它全长3500多米,高低落差1200多米。整套设备由奥地利进口,为世界一流水平。从黑湾河到鱼坳的电瓶车公路也如期完成,路况上乘且与景区风景十分相宜。金顶区域弥勒主殿承恩寺同期揭幕,梵天气象重新俨如,净土殿宇再度伟欤。恰如钟铭所铸:地灵既萃,三峰苍苍;人瑞斯呈,两江泱泱。

昔日的山村小寨黑湾河,已经面目全新。一座座豪华的宾馆掩映在绿荫碧水之间,民族风格的土家院落比肩接踵,溪水潺潺地建有生态植物园,野云闲鹤处可听梵鼓佛钟,当然还有宽阔的现代停车场,还有传统的小吃一条街……以前捉襟见肘的村民,为一粥一饭不能待客的大妈的后代们,如今很多人成了百万、数百万元的老板、富翁,最不济的也可以去各家公司打工，远远强过了离乡背井或者携妇将雏出外寻活……

在滚滚红尘一波接着一波涌来的时候，梵净山，你是否一如既往那样依然永恒？

2009年，我与央视四套《走遍中国》的一组人，还邀请了一个在梵净山工作了多年的地质学老专家，一起去考察梵净山的水之源。我们选了九十九溪中的一条小溪往里走。没有路，只能在岸边的荆棘丛里砍出羊肠，或者在湍急的溪流里、长满青苔的岩石上摸爬滚打。沿途我们看见了许多野兽从山上下到溪里饮水的行迹与它们老死在溪边的骨骸，看见了梵净山特有的珍稀动物胡子蛙的婴儿蝌蚪，在溪边的一些岩石下嬉戏，还看见了梵净山经历冰川时代的岩石标记……其中我印象最深刻的便是山上的水。我看见每一道山的褶皱处都会飞下一瀑流泉，或泻下一条清溪，汇入我脚下的一湾河谷。一直到溪谷的终点，我们也没有看见地下水涌。这时，我才明白老百姓给我说的，梵净山九十九溪的源头就是献果山上那一草一木所积蓄下来的雾泉。这样的现实令我们震惊，辰河、酉水以及穿境而过的乌江，都是梵净山的每一棵树、每一棵草对人类及所有生命的无私奉献呀。

我们在金顶的索道站住了一个星期，山下是阳春三月，山上却是雨雪纷飞。红云金顶云遮雾盖。那些北京人很有些着急。我玩笑着说，你们要见她，她得先把你们看清楚了呀！其实也正好成全了他们，让他们看到了更多的生命奇迹的存在。一到晚上，大家都聚在一起，在门外如雷的风啸中畅谈心中的梵净山。大家都有了对生命不同的悟。在离开梵净山的那个早晨，大佛山华丽现身了。不仅弥勒道场的所有景观历历在光天化日之下，而且九道山脉绵亘盘桓的恢宏气势也让凡尘中人醍醐灌顶。最令人刻骨铭心的是，竟然在我们的眼前出现了大佛的幻影。我自己多次见过了佛光，见过了禅雾，也见过了瀑布云海，但就是没有见过大佛幻影。顺眼看去，此时从那牛尾河谷丝丝缕缕的彩云背景之上，一个头戴宝冠身披璎珞的巨大弥勒菩萨幻象端坐其间。这真是千载难逢的机遇呀！大家都叫快照快照。摄像师两手一摊，长叹一声，机子功能不够，佛影留不住呀！

　　细想一下，你就有功能特大的摄像机又能留下梵净山无处不在的生命神迹吗？在几千年的时间里，她召唤来巫，召唤来道，召唤来佛，召唤来基督，召唤来无数的生命。她不喜欢战火，凡是将刀兵带入这片地域的，不管你是红是白，结果如何，答案已经在那里了。

　　梵净山，她是一座佛山，道山，巫山，或者基督的圣山？是，抑或不是，让读者自己评说吧，但有一点可以肯定，她是我们心中永远追求的乌拉尼亚！

作者简介：

　　吴恩泽，1944年生，苗族。1987年到北京鲁迅文学院进修，1996年加入中国作家协会，曾担任贵州省作家协会副主席、铜仁地区作家协会主席。出版长篇小说《平民世纪》《伤寒》，中篇小说集《洪荒》《吴恩泽小说选》，散文长卷《名岳之宗梵净山》《古镇寨英》。长篇小说《伤寒》获第6届少数民族文学创作"骏马奖"。被贵州省委、省政府授予先进工作者和"五一劳动奖章"，并获得省"德艺双馨艺术家"荣誉。

回望梵净山能看见什么

曹军庆

去过很多名山大川,都不曾写过文章。我可能本是一个木讷的人,对风景鲁钝。或者总觉得行色匆匆,所见所闻未必能通过文字表达。我不大拍照,照片至少可以信赖,那上面的树木山水保留着原初的记忆,它是佐证。照片在时光里证明你曾经身临其境。我不拍照的理由在于我不需要佐证。我更愿意相信内心的选择。事物风景和人是一样的,很多时候我们的内心都在有意识地遮蔽掉我们不想记住的人。遗忘的目的是为了让记忆更清晰,它是从前旧法里洗底片的冲洗液。记忆在遗忘里浸泡,晃一晃,再拿镊子夹起来,影像便一下子凸显出来了。风景和人是一样的,你可能去过很多地方,但真正能让你记下来的地方并不多。以前抽屉里有一叠发黄的旧照片,现在电子储存更便捷。可是让你刻骨铭心的地方根本不需要影像。时光过去愈长久,在你内心便愈明亮。

梵净山对我而言即是这么一个地方。5月份和一帮朋友去了梵净山,在那里逗留了几天。回来后一直在忙别的事情,心里却从此多了一份牵挂。我离开了它,却更记住了它。一切都是在漫不经心中发生的,并非刻意。烟雨朦胧,梵净山揭开面纱永驻我心。说是缘分,或许很多人都有过类似的经历。与梵净山结缘,其实只需你看它一眼。那一眼无论它在雾中、在雨中还是在阳光里,看上一眼即能永恒。它终归是一座灵山。如此称谓绝不仅仅因为一本书,与书籍无关,亦与文字无关。它就是灵山。寻访灵山,是心灵的事情,也是信仰的事情。摆脱羁绊,摆脱尘垢。回望梵净山,能让自我在烦琐忙碌中有片刻安宁。让自己清洁一会儿,清洗自我。这便是对一座山的回忆。

我不知道我说清楚了没有,对梵净山的回忆多半发生在深夜。这么说并非白天不会想到,只是白天的想通常都在间隙里。深夜里的回忆才更为宽阔。在梵净山脚下,我们住在木头屋子里。次日就将上山。上山前几日,主人安排我们在不同方位的山下游走。我们因此见识了各种不同的植物、山泉溪水和梵净山的猴子以及山峰、地衣、树皮上的苔藓。游走可能是在积聚某种东西,或者仍然是一种寻访。梵净山就在那里,抬眼就能望到,我们终将登上去。那些时光稍显闲散,有些恬淡,但不是装出来的。我们就在这梵净山里了,山里的气息。晚上走出木头屋子,当地人围坐一处火塘,火塘里燃烧着木头。当地潮湿,到了5月还在烧火塘。火苗温暖。白色的灰烬。有袅袅青烟从未烧透的木头中升起,呼吸青烟能感受到堵,像是迎着风在走路。但不至于窒息,知道那是木头里面的烟雾,从火塘冒出来的。不是雾霾,也不是重度污染的恶浊气体。围坐在火塘边的有侗族人,或许还有苗族和土家族人,我确实分不清楚。他们的脸在火焰映照下闪着光芒。和我所看到的光芒极其相似,那光芒同时还隐含在他们的眼睛里。于是他们开始唱歌。朋友们有的坐在他们中间,相互往木凳两边挪一挪,就挪出空当来了。有的就在周边闲散地走着。一切都那么自然,得体,以及心领神会。歌声飘荡开去。小伙子弹着琴。男男女女一同合唱,不分男女不分年龄。中间,小伙子调过几次弦,他甚至还让另一个小伙子换了一把琴。我听不懂歌词,应该是比较简单的句子,一直在重复。句子在重复,歌唱了一遍又唱一遍,也在重复。小伙子本是寻常人,弹琴唱歌时突然变成了另一个人。能从他脸上辨认出某种英武,那种东西浮现出来。唱着歌的男男女女也变了,变成另一群人。歌声如此动人,与火塘在那个夜晚有一种奇妙的契合。一种像岁月那样循环往复的曲调被他们唱着。

回到木头屋子我开始想,这般古朴的歌他们唱了多少年啊！没人知道,我也不想追问,迷糊中沉沉睡去。

返回贵阳途中,车上闲聊时主人又讲了两件事。他先说到一条蛇,梵净山的蛇。那并不是一个励志的故事,也不是一个劝善的故事,从中读不出宗教含义,实际上那只是一个有关放弃的故事。说是梵净山有个农民患了癌症,到医院检查已是晚期。医生明确告诉他最多只能活多久。他所给出的时间令人无比悲伤和沮丧。现代医学无能为力,治疗毫无意义。农民只能回家等死。于是农民回去了。不巧的是他在做农活插秧时被一条蛇咬了腿肚子。农民想着总归要死,没把它当回事,也不曾管它。蛇咬就咬吧,有什么关系。可是奇迹发生了,医生预言的大限早就过了农民还活着。农民有一天忽然记起来了便去医院复查。这回吃惊的是医生,经过繁复的检测和诊断,医生确认农民的病痊愈了。那条蛇治好了他,是蛇重新给了他生命。第二个故事是蜂蜜。同样有一个绝症病人,同样行将就木。家里有一罐蜂蜜都放忘记了,都长蚂蚁了。机缘巧合病人收拾屋子时发现了它,没事就抠一坨塞嘴里。等到一罐蜂蜜吃完,绝症病人居然也不治自愈。讲完两个故事我们又开始聊别的,都有些疲惫。车辆颠簸令人浮想联翩。贵州弯曲的高速路上我隐约看到了两次摩托车,不太清楚摩托车是如何驶上高速的,我为它担忧。我看见男人骑着摩托车,他后面带着女人。他们一定是为生计所累,他们之间有爱吗？我不得而知。主人只是闲聊而已,他讲得有些漫不经心,那样两个故事他随口就说出来了。讲过也就讲过,他所讲可能只是他听来的。不光对我们,对别人他大概也讲过。至于是否真实或者他自己是否相信,其实并不重要。但我仍然会想到故事里的人,他们能够成为幸存者。疾病和绝症如此寻常,我们见得还不多吗？人是那么脆弱,他们却可以幸存下来。幸存的奥秘全在于那条消失不见了的蛇和那罐长满蚂蚁的蜂蜜。这世上可信任的东西太少了,这世上悲苦的东西太多了。人们因此才会那么盼望神迹。神迹不需要逻辑,具有真正的魔幻气质。梵净山的土地似乎隐含着这种魔幻,随处都有。神迹什么时候降临,或者在什么地方降临没有人能够知道。可是一定有人盼望着,祈祷着。蛇和蜂蜜于是成了某种象征,成了符号,在生命和死亡之间达成了秘密通道。这通道能穿越生死,获得和解与救赎。它们只会出现在梵净山。是的,即使杜撰在其他地方也没有听说过,更何况它有可能就是真的!谁能证明它不是真的?

蛇在哪里?长满蚂蚁的蜂蜜又在哪里?多少人在寻找。寻找没有止境。那些灵物,它们是人世间仅有的希冀。

灵物在梵净山。换句话说,梵净山可以出现奇迹。任何奇迹发生你都不会怀疑。说到底它是一座有灵性的山。其实每个人心中都有梵净山。就算离开它了,它也在。这实在不是矫情的说法,因为谁都需要,需要妥帖安放灵魂的所在。

清晨,按计划我们将登上梵净山顶峰。期待已久的时刻,可是不要太兴奋啊。早餐时突然下起雨来了,雨下得又急又密。人都站在走廊上,不愿进屋,都看着天。急骤的雨滴敲打着地面,没有停歇的意思。这种天气登山会有危险。正当大家犹豫之际,主人接到电话山上没有下雨。同在山中,山脚在下雨山上却晴朗。奇妙啊,一座山有不同气候亦有不同季节。大家于是雀跃。上得山来,却发现山顶笼罩着浓雾。那雾浓得化不开。黏稠。置身其中如在云海,像牛奶,像深沉的睡眠,像极了萨拉马哥在《失明者漫记》中描述过的失明状态。临近失明可能就是这种样子。山风猎猎地吹,雾在奔走。雾奔走的形态明显具有不确定性。有时候像动物,有时候像植物,像人的时候不是很多。但是在飘荡,跟布匹一样漫卷山峰。人坠在里面了,一个一个全掉进去了。影子模糊,只有声音浮现出来。我们的确登上了梵净山顶峰,但是我的记忆只有雾。我几乎确信,相同的时间里一座山可以存在着不同的岁月。在雾中我没能看清梵净山的面貌,可能这并非遗憾,从某种意义上它变成悬念,成为我再一次寻访的伏笔。

这是一件很奇怪的事情。我没有看清梵净山,可是再也难以忘怀,并时时回望。回望梵净山能看见什么,也许只有我自己知道。

(载《梵净山》2014 年第 4 期)

作者简介:

曹军庆,中国作协会员,《长江文艺·好小说》选刊副主编。著有长篇小说《魔气》,中短篇小说集《雨水》《越狱》和《24 小说》。发表近 200 万字中短篇小说。作品先后被《小说选刊》《小说月报》《中华文学选刊》《北京文学·中篇小说月报》等选刊选载。作品曾入选《21 世纪年度小说·2012 中篇小说》《2013 年中国中篇小说精选》。

印江·梵净山

修 白

　　去梵净山,有什么缘故吗?说没有,细细想来,还是有些的。无论是尘缘还是佛缘,都是沾了一点缘分,才来这里。印江,这江的名字叫人喜欢。一个印字,表达了多重的含意。梵净山,这山的名字,是大喜欢,那种无须言说藏在心底独自喜欢的喜欢。这喜欢,遥远而虚幻,迷茫而深远。这样的喜欢,在生命的初始,那洁净的没有一粒尘埃的透明心地,就有了播种,一直在尘凡里藏着。那一瞬间,一定是有露珠和晨光那样的清澈透亮笼罩了的。

　　出行,也是朝拜。梵净山,无须考证一座山的来历,思量过,一定是有其来历的,暗想,也是非凡的。而这非凡,何须凡俗之人去做思量。不必考证与穷究,怀有虔诚,一种虚幻的意向里。我们出发。

　　怀着对一座山的仰慕以及一条江的艳羡的浪子,一次逃离的夜泳,是的,悄悄地,逃离了都市的喧嚣与红尘。不知道古人靠什么长途跋涉。清晨的飞机转机,中午抵达贵阳。贵阳的机场跑道,飞机围着山体滑行。

　　晚间的印江河畔,灯火通明,垂钓的人,漫步长堤的人,悠闲自得,一派盛世繁华景象。仿佛是西湖,有些错觉。仰脸看见山峰,地貌险峻,恍然,不是西湖。信步进入一座中学,印象中的县中,一定是异常安静的,安静到寂寞与枯燥才能像县中的样子。印象与现实是不符的,现实中的晚间,学生们聚集在操场上观看表演,舞台上的几个少女身着超短裙,舞步欢快新潮。学校的建筑典雅,历史悠久,大城市的重点中学望尘莫及。置身其中恍若梦境。依仁书院、书法长廊、民族陈列馆、严氏宗祠。一个并不富裕的地区,教育与文化并重。街巷、市井之貌井然有序,一定和这个地区官员的精神追求相关。

朗溪镇的土司遗址已经没有了昔日的昌盛。高脚厢房、古巷道接近市井。合水镇的古桥,桥下有淙淙流淌的江水,水之清澈,是远古时候流过来的样子。那种双手掬一捧,低头便能畅饮的水,微微有些甘甜。似乎能看到沿着山谷策马而来的将士,翻身下马。印江边,骏马稍息,低下头颅,谦卑地吃草。近水边,马在优雅地饮水。将士蹲在马的身边,感激着什么的样子,双手掬了一捧甘甜的水,脸埋进手中。有些时间飞逝的意思,江水把我们拽到时间的起初、源头,我们生命的源头。在源头,我们和一个纯真的单向度的自己相遇。

合水镇的蔡家坳,留有蔡伦后裔的古法造纸场所——古桥下连成片的茅草屋。屋顶上覆盖的茅草,草的经络与韧性被时间的指针滴答得像一个超越时空的老人,全然丧失了自己的棱角,静穆如泥土。风雨侵蚀后淡然的灰暗,该叫做大自然初始的颜色吧,茅草的每一株袖筒里多少掩藏了一些历史的风尘,以草的形式存在于屋顶。

一世一悲伤,一草一轮回。屋梁上的茅草们静静地等待时光的涅槃。要怎样久的光阴才能把它们化作尘埃,融入那些之前掉入泥土的生命呢。低头看见构树上成熟的果实,"吧嗒"一声,掉入泥土。方觉出泥土才是万物之灵,万灵之母。

构树的果实成熟后,通体鲜艳,草莓样大小,表层一粒一粒米粒般排列在球体上。童年的物质沙漠里,大人一再告诫这果实有毒。渴望甜味的小嘴巴会躲开大人的眼睛,偷偷摘一颗,舌尖舔舐一两粒,刚刚品尝到一丝甜味,便在死亡的恐惧中迅速吐掉。于是,地面布满了孩子们吐出来的一摊摊红口水。现在,网络的好处是大人的谎言不揭而破。不知道大人为什么要欺骗食物匮乏,渴望甜蜜味道的孩子。想来,是大人的无知。

草屋里,汉子在劳作。上身赤裸。构树的枝条也是赤裸的。他们都属于阳性,保持了初来世界的面目。构树在沟坎、池塘、河岸、溪流两侧,择空隙而生。河床上,道路边,随处可见他们蓬勃的身影。坡地上,女人的背篓里装了野生构树的枝条。这些枝条似男人的手臂,安放在女人背篓里的时候,有一种和谐之美。女人把他们折断而不是连根挖掉,来年春天,新的手臂生出,等待女人的重现。

水车在古桥下的激流处,水冲击着轱辘,水车转动的力量带动了长柄木槌,水车的车轱辘在水流的冲击下旋转。木槌,捶打着岸边的石头。石头阔大,少有的奢侈,光滑的体表,竟然刻着一圈圈的年轮似图案。似一种隐喻,谁能数得清,有多少代构树的年华曾经聚集在这里锤炼。沉闷的"嘭"一声,木槌落下,敲起石头上的手臂,木槌抬起头的时候,像那个远古的马在低头饮水,悠扬、谦卑。空腹的手臂被木槌敲打起来,声音嘭嘭的。一直捶到手臂只留下筋和骨,筋与骨在女人的指缝里纠缠,露出牙白的肉质。女人在槌子抬起的间隙,把构树的筋骨翻了身体,通身捶遍,捶得构树没有了自己的年轮、初始的结构。

心想,浑然木头,一槌一槌,渐渐显现木麻的时候,那男子的手臂会不会觉出生冷的疼。尤其是捶到最后,许多的手臂纠缠在一起,一槌槌不急不缓的锤炼,那种疼,一定像是女人生孩子般的疼痛,鼓胀的、尖利的,深到骨头上、心尖里,疼到渗出汗珠那样的颤抖。

最后的构树,毕竟是印江边合水镇的构树,这样的构树,他们的身体是不闪也不能躲避木槌的,木槌把他们捶打成树饼之后,放在一口硕大的锅里蒸煮,加一些石灰,酸碱平衡,日后颜色不衰。

古桥下的公路边,有鹅卵石造就的窑洞,抬头便可看见,三口大窑。窑口生着荒草,废弃了的样子,不知道那个锤炼构树的女子,要把那些树饼背到哪里去蒸煮。

　　余下的手工,传到男人那里,用细网筛子在树皮浆的池子里筛捞纸浆,水平端出,细筛上挂着一层薄薄的纸浆。这些薄得几乎不存在的纸膜,扣压在先前倒膜的一摞纸上。这一摞潮湿的水灵灵的纸,在茅草屋的庇护下,自然脱水,阴干成型。得拿出去,照见阳光。微风从山坳里吹来,裹挟着各个时节植物的香气,香气掠过纸张的时候,纸张便是活泛了,有了阳气,像婴儿的出生,一声尖利的啼哭,似涅槃一样,成就了纸张。

　　多少代蔡伦传人,一代代相传。造纸的工序细数下来,有七十多道。我想,山里的微风吹过纸张的时候,风里夹着桃花的味道,桃花的气息卷过纸张胸脯的时候,纸张感受到了生命的美好,苏醒过来,那是春天出生的纸张;山里的风裹着蜡梅的暗香,蜡梅的气息卷过纸张胸脯的时候,纸张被神秘关联的激动惊醒,该是深冬出生的纸张。纸张有身世、时辰、个性与历史。瑄璞在寻觅茶叶的途中,意外觅到了春天出生的纸张,她予了我一叠。写字的人说,闻到了印江桃花的味道。

　　去新业乡的路上,汽车穿过一个山体挖掘出的隧道,回望,看见绿色的山体植被上,一层层的洞窟,人为挖掘出来,有序排列,粗放的规整中有着细微的凌乱。其中醒目的一个洞窟里安放着唯一的一尊佛像。同行的几车人流,仔细问去,没有人看见,偏要在我的回眸中显现。那尊佛在等待什么? 有什么神秘的关联,暗示了什么。多情人自以为,那尊佛是为了等待中的一次回眸,一次皈依。一定有什么神秘的指引。现在忽然明白,这条过山隧道未修之前,这尊佛像就安置在这里了,这一面山原本就是众佛像的栖息地。只是在我的回望中发现了他的存在,这一次发现,是呼唤还是觉醒,这霎时的觉醒,看看佛经里那些话,至少是我们熟悉一些的心经,绝不是凡人所能为。

　　心静下来,就能感觉到。

　　出了这条隧道不远,木黄镇的纪念馆、将军柏、游走会师广场一带,有些都市广场的味道。广场的长廊是歇脚的地方,没有苏州的长廊,夫子庙的长廊有韵味。我从长廊的故乡来,渴望着在远古的印江边驻足,没有随大队人马同行,独自留了下来。

在水边静坐,看着一个赤脚的孩子在水中嬉戏,看那赤膊汉子在水中打捞什么,想着自己也是可以那样忘却什么,跳进水里,化作一条鱼。在一片荷叶上,有一个青蛙帝国,国王拥有的臣民自由欢快。鱼儿朝那王国游去,荷花里,青蛙王子在等待……谁在背后轻吟小令,回眸是那孤寂的同道人。

心里还在遥想那尊佛。佛在那里有多久的时光,谁的手把他送往那里。去新业文昌阁的路上,瑜兄打来电话,问我上车了没有。这个看似粗放的汉子,心里的幽微细察就像他近来的书法一样。四年未见,书法把他磨砺得成熟、宽宥。文昌阁边,一个写书法的老夫行动迟缓,视力模糊,已经看不清字体。写一个字,要老伴念一个字,刚念完,他就遗忘。瑜兄站在他身边,一遍又一遍地念给他,对老人流露出的耐心、仁厚、慈悲,让人感慨时间的力量。时间让这个曾经锋利的年轻人被经天书写的墨汁销蚀,像他的字,他的收藏。温润、濡湿,忽然间有了烟雨南方的味道。

竹楼驻足的那个夜晚,一个诗人激昂地在酒桌上朗诵:三千桃花,我只要一朵,就够了。诗歌参与进来,诗歌加深了酒的力度。酒无须多喝,人便沉醉。深山里的夜晚,不见星斗。黑暗像墨汁,浓缩后的夜空,黑得让人恐惧。什么也看不见,想去听流水的声音,去了流水边的吊桥。这安静的吊桥一边通往深山,一边在我们的脚下。仰脸看天,漆黑到没有了天空,时间在这里静止。有些冷,蜷缩着。桥下淙淙的江水奔流、喘息,干净的远古时代,单纯、陶醉、眩晕。有些醉意,还知道万物旋转,想要飞身落桥。是什么力量把一个浪子拽到了喧腾的篝火边:印江人的热情,群体的魔力。

不再孤单,不再是一个人。想着那淙淙不息的江水,不能忘却的黑夜。黑夜可以把宇宙浓缩到那么微小的世界,白昼的光线来临的时候,还在混沌的人,不觉间,世界又扩展到无穷大。

光线照耀下的印江边,那个潜伏在身体里面很久的鱼儿,终于露出了尾巴。想脱光了衣服,跳进激越的江水中,像鱼一样,顺流而下。是的,像鱼儿一样,跃过江底的石块,那些被流水磨润了的亿万年形成的岩石,寂静的鹅卵石,还有印着植物化石的印江紫袍玉,在千年紫薇相望的山脊下面,紫袍玉沉睡在那里。

紫袍玉在等待,等待一次相遇。梵净山的紫袍玉踏步,印有水杉的植物化石。踏步这样的奢侈,往山的深里走,不再奇怪。处处是绝迹的植物化石,植物活化石。这是一座远古时代的山脉,坐缆车回望梵净山的崇山峻岭,五岳与黄山不再巍峨。进入梵净山丛林,有点时光隧道的意思。植物,山体,化石,连云雾都是远古的,远得不见一粒世俗的尘埃。梵净山一年四季的景色不同,我们在春天抵达。美好的季节,山脚下的雨水令人困厄,上得缆车,雨停了。

缆车在空中运行,远古的植物次第进入眼帘,像电影推进,几株映山红在雨后的雾霭中格外娇艳。云雾中的山峦是黛青色的,素净到忧伤。以前看照进兄的散文集《陶或易碎的片断》,不知道他何以写出这样冷僻独到的文字。现在,雾,束光,追逐,云散,山峦现出了明媚,忽然间就明白了他文字出现的理由。有些抑制不住的喜乐。

不知今昔是何年?只缘身在此山中。贾岛有《寻隐者不遇》:松下问童子,言师采药去。只在此山中,云深不知处。梵净山没有童子,也未见那采药人,"此山"的"云深"处,有寻友人的踪迹。入山出山,有些逍遥。

去团龙村的路上,相遇群猴,藏青猴家族。国家二级保护动物。从未见过幼猴的脸,婴儿一样白皙,雕塑一般精致如瓷器,娇小的身体藏在母亲怀里。像是一家三口,雄猴,雌猴,幼猴,端坐在路边。车队停下来,纷纷拍照。更多的猴子钻出丛林,出现在路边,驻足观望一群行人。猴群与人群,尝试着接近。试探,拒绝,再接近。没有人携带食物,群猴对人类失望之余,表示了愤怒,最终消失在丛林。

团龙村,一个古老的村庄。在村口处的茶亭里拍照,喝罐罐茶,听茶山上下来的采茶妇人清亮的山歌。已经是中午时分。一行人去村里打粑粑,是体力活,也是技术活。粑粑粘在木槌上,紧紧地咬着木槌不松口,木槌粘着粑粑用力举起来的时候,第一次打粑粑的人,看木槌的神情,一脸的茫然。

新蒸出来的糯米饭,夹杂着木桶淡淡的味道,恒久的,一生一世都不会厌倦的生命初始的味道,是神的恩赐。糯米饭搥打出来的粑粑,捏成团团,放在炒熟的黄豆粉簸箕里滚动,粑粑沾了满头满脸的豆粉。粑粑经过这样的装扮,有序排列着,模样端庄起来。咬一口,渗透了黄豆粉的腥气,世俗一下子冒出水面,遮蔽了糯米饭古老、纯正的味道。

想起构树在木槌下的锤炼。那样的锤炼似一场涅槃。糯米饭搥打成粑粑是什么?是生命从一种形式到另一种形式的转换。齿间尚留有粑粑的余香,有人率先品尝起糯米团。糯米米粒,木桶蒸出来,珍珠般发光,随便撮一簇,就是一个饭团。糯米的黏性与韧性极好,见到这留有木桶香气的糯米团,矜持起来,心想,咬之前,相应的矜持才能匹配米粒高贵的身体吧,咬一口蒸熟后的米粒,咀嚼后的余香,古老的味道,溢满唇齿。糯米饭团所凝聚的内涵:母爱与安详,温和与平静,乳汁与初始。还有比这更好的味道?去盘子里蘸了桂花蜜,另一种甜蜜瞬间融化,似一场突然而至的恋情,纯粹的味道那样浓烈,这恰到好处的浓烈,只有在团龙村的粑粑场边才能体验。是要记住,恒久,生命一样的悠长。

晚上,和中午一样,露天的饭桌。糯米酿造的甜酒,在台阶上偌大的坛子里,是那种大碗喝酒的场所。最能豪饮的诗人,今夜不再喝酒,不再喝酒的诗人有些失落,有些黯然神伤。诗人是敏感的,先知先觉的,她消失了一会,预演了什么,她已经嗅到了离别的滋味。而我,尚在懵懂中。

(载《贵州日报》2014年10月10日)

作者简介：

修　白,女,原名王秀白。南京市文联签约作家,中国作家协会会员。在国内外重要文学期刊发表各类体裁文学作品百万余字,部分作品为权威选刊转载并译介国外,著有中短篇小说集《红披风》《假寐》以及长篇小说《金川河》《女人,你要什么》。曾获12届中国人口文化奖以及各类文学奖项。

祭风神——甘述华 摄

印江土家龙灯——戴恒树 摄

土家人嫁女——王文 摄　　　　　　　　哭嫁——杨昌明 摄

祭龙送灯——甘述华 摄　　　　　　傩堂戏·秦童与秦童娘子——甘述华 摄

墨韵印江——甘述华 摄

红棺葬——陈德英 摄

感悟梵净山

周瑄璞

印江归来,我逢人便说,算是呼吸了几天新鲜空气。

喝着梵净山的绿茶,在雨后空气暂时清新的西安城里写这篇文章,扭头看向窗外,简直有点错把古都当印江的恍惚了。

现如今,新鲜空气对国人来说,是奢侈品,要乘上飞机到千里之外,才能得到。

小的时候,贵州就是世上最远的地方。老家相邻村子里有个青年要到贵州去工作——当然不是贵阳市,而是"大深山"里的一个什么单位。在我们平原人的心中,"大深山"代表着山高路远,贫瘠蛮荒。20世纪70年代,北方人去贵州,在一生最远去过二十里外县城的乡下人眼里,意味着生离死别。可是这青年上了几年学,有点知识,去了那里有机会吃上商品粮。全家人如临大难,此消息成为几个村子的话题,大家都觉得他简直是不孝。那些日子四里八村笼罩着灾难般的气息,据说他的家人搬来舅舅姑姑等亲戚,轮番苦劝。商品粮,贵州,这成为两难,折磨着青年和他的家人。青年去意已决,他一意孤行,谁劝也不顶用,最后他爹娘痛心疾首说,罢罢罢,权当我没有你这个儿子。

飞机由西安飞到贵阳,竟然不足两小时,跟西安飞北京时间相等,这也大大出乎我的意料之外,在我心中,总是以为她在非常遥远的地方,看来,是我的无知了。现在交通如此发达,千里贵州一日还,或许再也不会出现家乡青年那样的"悲剧"了。

八年前到贵州,是飞到重庆。再早的十年前,乘火车从昆明到桂林,路过贵州,那时火车还没有提速,睡一觉醒来是山,再睡一觉醒来还是山,好像永远也走不出我家乡人说的"大深山"了。

早就听去过贵州的人说,贵州山水,实在是比桂林山水美多了,只是他们没有宣传。是啊,他们没有幸运邂逅一位诗人,咏出"贵州山水甲天下"之类的名句。好在这些年,贵州也注重了宣传推广,打开电视,天天都能听到"花海毕节,桃源铜仁,走遍大地神州,醉美多彩贵州"。

飞机快要降落时,我看到云雾飘荡、群山延绵,湿润的空气似乎触手可摸。再向下降,看到一个个山坡,一片片农田,全是圆润曲折的线条,俨然一片人间仙境。完全跟黄土高原不一样的地貌和气候。飞机播音员将这里称为中国的"最后一片净土",我们这些来自大西北,深受雾霾和沙尘困扰的人,在机舱里就想张嘴大口呼吸了。

在接下来的几天里,我不断告诉自己,这是雾,不是霾。只有雾,没有霾。那缥缈于山间的,那缭绕于公路上的,那静卧于田埂的,那一团一团扑向汽车,像孩子般调皮聚集起,被汽车冲散,又很快聚合的,是雾,是大自然的精灵,她们轻盈,秀丽,飘忽不定,仙姿婆娑,如梦似幻。

十天后,贵州作家肖江虹到西安时感叹,太平了,怎么到处这么平?一个山都没有,好没意思。而此时我也不断感叹,也太多山了,怎么到处都是山,到处都是雾,到处都是绿色,怎么空气能这么好?这真的是你们每天的生活吗?在我们那里要想有这样空气,这样景致,得开车几小时,行程百公里才能得到,怎么你们这里到处都是,随处可见,整个一天然氧吧,这也太奢侈了吧,大自然对你们也太恩宠了吧。

美丽的风景总在路途遥远的地方。山路迢迢,重峦叠嶂,就像歌里唱的,"翻过了一山又一山,走过了一江又一江"。谁能数得清这里有多少山,多少水呢?这是一个由山组成的世界,山生水,水生绿,绿生万物。据说苗族皆为当年战乱时由中原迁来,为躲避追杀,他们一路南逃,由北方来到这里。山大沟深,容易藏身,山里又有吃的东西,用于保命。如此大山佑护,繁衍生息,逐渐形成了苗族。据当地朋友说,20世纪60年代前后,全国到处饿死人,而贵州省却死人较少,因为山里总有东西可吃。大山,以他宽广的胸怀及慷慨的奉献,保护着他的子民。

印江除了山川秀美、空气清新外,大部分古村落、古村寨保留完好,自然环境、生态环境良好。在朗溪镇,有保存完好的土司遗址、古巷道等,永义乡有千年紫薇树,合水镇有蔡氏造纸法,新业乡有古代廊桥兴隆桥、近五百年历史的文昌阁……到处与之相伴的是河水清清,不论今夕何年,不管来者何人,公路边兀自流淌。我们惊叹,一个县域之内,竟然有如此多各具特色、价值很高的景点。当然,这也要得益于大山的闭塞、交通的不便。在某种意义上,闭塞也是一种保护层,形成一种屏障,使得珍贵的文物、原始的部落、淳朴的民风得以安静从容地固守一方。而北方大平原,曾经的国之中央、朝廷近土,肥沃富饶的九州大地,四面通透,一览无遗,坦如大案,任人擀碾。新风新尚,总是迅速占领,各项新政,也能朝发午至,天黑前得以落实。人与物,事和情,根本没有喘息回旋的余地,哪里有时间让你权衡和思考。稍微有点历史韵味的处所,早就在破四旧、闹革命、城市化的各式新风之中土崩瓦解,片甲无存。现在看来,保留中华传统文化符号最多的地方,继承中华民族传统与精神最好的地方,倒是最远的地方。比如这处于西南边陲的云贵广等地,这不能不说是历史给中华民族幽了一默。

土司古营盘遗址有两百年历史,石材建筑,错落有致,没有大平原的占地多少亩,房屋几十间,却有山下脚的衡守与心机。它依山而建,别致精巧,地势险要,易守难攻。站在门前的小小院落一侧,尽可俯视整个村寨,查看子民的一举一动,瞭望来处的细枝末节。而人在抵达营盘的路上,得弯腰弓身,做爬坡状,像是早早给首领行礼。当年土司的雄心壮志和统治地位显见是不可动摇。土司的后人,如今在这里过着安静从容的生活,对外来参观者,落落大方,不卑不亢,仿佛没有什么能打扰他们平和的日子与内心。

几天里,所行之处,看山,听水,闻鸟鸣,竟然还邂逅了一群猴子。

先是有人发现,一只、两只、三四只,啊,一群猴子,探头探脑出现在山路边,从树上下来,攀藤条而来。人看猴子,猴子观看我们。伴随着惊呼声,我们停下车来。外来者没有准备,不曾给猴子任何见面礼,只是纷纷拿出相机手机对着人家拍来拍去,侵犯了猴子的肖像权,打扰了人家的正常生活,就想有报复行动。县文联主席提醒大家,小心猴子抢相机。四只大猴凑在一起,经过短暂而周密的商量,突然围攻了文联主席,抓伤了他的腿,又迅速跑开。想这些猴子可能看出谁是客人谁是主人,对我们远道而来的,倒还算客气,所幸没有造成伤害。"要不,我们就太过意不去了。"文联主席王翔说。可是,伤了他,我们心里也过意不去啊。他为了我们,叫猴子抓得小腿上满是伤痕。大家心怀愧疚,围着他争相察看伤口,瞎着急没办法。他说,没关系的,这种事在这里经常发生,我们常路过这里,猴子都认得我们。得知他到最近的一个医疗点打了封闭针,我们稍微放心了一些。

印江之行的保留节目和压轴戏,当数梵净山无疑。

就像人有美丑之分、高下之别,山当然也有不同。有默默无名的群山,寂寂无声的小山,更有名山大川、险山峻峰,他们或因形态,或因气候,或因植被物产,或因传说而闻名天下,他们是山之中的精英,山之中的龙凤。深藏于黔东北的梵净山,就是集所有优势于一身,而吸引着天下人的目光和络绎不绝前来的脚步。

此行大长学问之处，就是知道了梵净山乃我国五大佛教名山之一，是唯一的弥勒道场。当然，他的佛教功能在我们这等俗人眼里，看不出有什么不同。我们只是为他的险峻，他的原始森林，他的十里不同天而惊叹。

早上大雨，得到消息说山道湿滑，如果雨不停，就不能上山。

等待好像也不着急，能不能上山其实无所谓，对我们来说，印江处处美景，处处鸟语花香，空气沁人心脾。我私下里想，就算是在此小小山庄盘桓一天，休息停歇，屋檐下听雨望山也挺惬意。领略美景是好，期待美景的过程也是好的。

贵州大晴天似乎很少，更没有我们北方的热辣辣大太阳，纵然有点湿气，来一阵大风，吹拂干净。这里雨水多，山高而密集，山重水复，热气湿气无处扩散，一切浸在湿润里，环绕着，缱绻不去，循环往复，雨化湿气，湿气变水，水降大地，大地聚敛湿气……如此天上人间，重复物化。一方水土养一方人，女人的皮肤好，相当于天天做着水蒸美容疗法，嗓子铃铛一般甜脆，开口说话唱歌，就像是山间泉水淙淙。

一会儿传来消息，山上并没有下雨。一行人快速出发，有人提醒山顶上冷，大家都带了厚衣服。

进山的路很长，如果步行得走半天。早已成熟的景区，备有电瓶车，游人可乘坐抵达山脚下。大约10分钟的车程，充分感受了惊险刺激的车技，驾车人每个都可参加拍摄电影里飙车障碍赛。年轻人每天驾车在山路上飞奔行驶，有几道弯，几棵树，有几只鸟在欢唱，几条水在流淌，他们定是烂熟于心吧。

乘缆车的30分钟，就是俯视梵净山的美好旅程，真正的人在画中游，人在雾中行。脚下是绿色的海洋，间或各色花树，说不上名的植物，层层叠叠的植被，覆盖、包裹着群山。我们不时穿行于雾中，一会儿窗外什么都看不见了，好像要把我们引渡到一个陌生的境界，一会儿又走出雾团。云雾调皮地扑打追随着我们，像多情的仙子，窗外顾盼，然后挥手作别,被风牵着,缓缓飘移走了,也或许是我们缆车上升,她无意追随,转身去了。此时我们如在梦中,所处半空,莫不是人间仙境吗?怪不得佛教会找名山仙境做落脚点。在山势的上升中,攀登的艰辛中,山顶的爽风中,或许能感悟佛的境界与思索吧。生命的旅程,最终都要依托宗教来完成诸多疑问和解答。这依托着高山流水,向着高处的攀升,也是一个叩问肉身和回索自我的旅程,我们来自哪里,去往哪里,生命的尽头,有无知觉,有无来世往生?凡胎肉身在世间的游走,到底有无神的注视和牵引?这世上自有一种神秘的力量,有一个神秘的所在,我们看不到,听不到,但必得相信,她在,她无处不在。

下得缆车,还有一段阶梯要攀爬。雾更浓重,空气更清新,吸到肺里的每一口都似珍宝,玉声玲玲,嘤咛呢喃。水气打湿了衣裳,裹湿了头发,脸庞蒙了一层微米般的细碎水珠,是大自然妙不可言的馈赠。

最美的景致在山顶,此处金顶更险更狭更鬼魅,可不是每个人都有勇气攀上山顶。要经历些思想斗争。终于,给自己打气,来一次实乃不易,怎么也要走到路的尽头,登上最险要的顶峰。

或许是身在此山不知险,跟着前面的人,手脚并用,不问路程,只管攀爬。

下山之后,才仔细看那座山的照片,导游图上称他为蘑菇峰,我却觉他更像男性器官。充盈勃满,雄健挺拔,傲然挺立于天地之间。山为雄,水为雌,这座雄性的山用这种完美的造型示人,或许就是大自然一个智慧的隐喻呢。或许这就是无数善男信女被他征服对他膜拜的原因呢。不怕艰险,不畏苦厄,也要登上金顶之顶,感受这里的大风与云雾。山风犀利,岚带有声,像洁白纱巾被利风抽打,细雨如飞,打湿所有的人,我们大声惊呼,被大自然的鬼斧神工征服,沐浴在神仙境界。我们立于山的顶端,庆幸自己刚才最后一程攀登的抉择,感受着征服与被征服的喜悦,领受着大自然的无私馈赠。

今天写作此文的我,突然开悟,那时,是世界为我们打开一扇神秘而圣洁的大门,大自然的隐语,无处不在。

金顶是梵净山的器官,他用最完美的造型,向天地昭示虔诚与力量。而上天降下云雾,滋润沐浴着他。金风玉露,云雨有意,生生不息,书写着天地万物的真谛,护佑着天下苍生。

我实乃肉身凡胎,俗世之人,要书写梵净山的美妙与华彩,定是力不能及,说得太多太白,就有亵渎之意。或许这世上有些玄机,不易说破,只在心间悟受最好。就此打住,留存对神的敬畏和对大自然的仰望。

作者简介:

周瑄璞,中国作协会员,陕西省作协理事。著有长篇小说《人丁》《夏日残梦》《我的黑夜比白天多》《疑似爱情》,在《人民文学》《中国作家》《十月》《作家》《芳草》等杂志发表中短篇小说,多篇小说被转载和收入年选、进入年度小说排行榜。获第三届"中国女性文学奖"、第三届"柳青文学奖"。

白皮纸·罐罐茶

习 习

白 皮 纸

这个世上,有些事物好像是静止的,它固守自己,拒绝变化。漫长的时光过了,它依旧呈现原本的样子,这叫人着迷、念想。

就说手工造纸。1900年前,像牛顿一样,那个喜欢动脑筋琢磨事儿的湖南人蔡伦在某一刻突然被触动,灵光一现,想出了改进纸的办法。他自己也没想到,这一改进,促成了世界文明的一次巨大飞跃。文字早早诞生了,但它迟迟找不到适合安放它的地方。岩石、龟背、兽骨、简牍让文字负重、遏制表达,而丝帛又太富贵。一直到了东汉,出现了平滑、柔韧、温润的蔡伦纸。文字终于等到了纸,并使纸有了非同寻常的意义,字迹没有重量,但盛满字迹的纸张让历史厚重、让人类的记忆有了凭据。当盛满字迹的纸张在中国皇帝的面前展开,他欣悦地看到了纸的意义,他敕令各地效仿推广蔡伦造纸的技术,造纸术就这样水一样在中国的东南西北洇开。造纸术的迅速普及,还得益于对造纸技艺的简朴要求。纸张气质高贵,但成就它的劳动朴素到近于简陋,只要靠近河、靠近植物,只要有一双双不厌其烦不辞劳苦的手,雪片一样的纸就源源不断地被制造出来了。

这是我对蔡伦纸的诞生的想象。

"制造"很奇妙。它包含思想、劳作、理想、期盼、难以确定的过程、处于未知与可知之间的收获。它改变事物的性质和样貌,柔嫩的树皮成为洁白的纸,像蛹成了蝶,你甚至看不清它的祖系。又好比松散的泥土成为精美有形的陶器,粒粒可辨的五谷变为剔透澄澈的水酒。种种神奇的嬗变里,一定有着神奇的过程。

在我眼里,造纸也如是。

那日,在贵州印江的合水镇,看到了颇具规模的古法造纸作坊群,至今令人怀想不已。

造纸,自然离不开水。地名里就有两条河——发源于梵净山的木黄、永义两条河在这里交汇成了"合水"。一座石桥衔接起两岸,河对岸,大山翠绿如玉。几个小姑娘背着满背篓新鲜欲滴的金银花,嬉笑着从山脚走来。河依偎着山,山谷里回响着一声声重重的舂臼声,是水车翻动木杵在捣砸炮制过的白净柔韧的构树皮。刚刚给作坊里舀纸的男人送过中饭的女人,耐心地翻着木杵下一大坨树皮。低矮的作坊,苫一层厚厚的茅草,满眼古意。男人用一张紧绷的竹帘,熟练地从纸浆池里舀着纸,这是最需要技术的一个环节,技艺娴熟的造纸匠,舀起的纸薄厚均匀,且一张张分毫不差。纸均匀地被舀起,淋漓着水珠,但它已有了纸的雏形。简单机械的劳作,很容易分心,一刀纸一百张,如何准确记数所舀的纸张呢?忘了问茅草棚里的匠人。我记得在甘肃的古法造纸中,抄纸时仍然沿袭着古老的记数法——麻钱记数。

造纸作坊紧邻着河,一间间铺开,有着不小的规模。除了有河水可以依傍,还因为河边生长着茂密的构树。这种速生的树,树皮洁白柔韧,是造纸的上好原料。之外,手工造纸,不挑男女老幼,老人女人和孩子负责采集、剥皮、舂筋、晒纸,重活、糙活和技术活留给男人。所谓"七十二道工,外加口吹风",造纸的每一个环节必不可少。第七十三道工序口吹

白皮纸·罐罐茶

风,是将晾在墙上的将好的纸,用嘴巴吹开一角,然后轻轻将纸掀下,可惜这最后一道充满情味、采摘果实般的工序不能亲见,再见时,已是一张张洁净素雅的白皮质。

印江的手工白皮纸,丝缎般柔韧,色调优雅,纸中细小的植物纤维,留住了些许植物的影子,纸上还有隐隐可见的细密的网纹。这让我想起兰州博物馆的一件镇馆之宝:三片有字迹的东汉纸——迄今国内发现的最早的有字迹的蔡伦纸之一。也是这样的色泽,也有着这样细细的网纹,与印江的手工白皮纸酷似,但它们已隔着近两千年的距离。

时间静止在白皮纸上。一个地方,因着这样的事物,便有了长长的根脉。在印江,随处都有这样古老的物什,千年紫薇神树、苍老的旧宅、古朴的土寨、老桥,甚至矗立于校园里的古塔,它们让印江深邃迷人。

在我的家乡甘肃西河县,我也曾看到蔡伦的古法造纸,村子的名字里也有河,叫刘河村,河边也有茂盛的构树。那几日,目睹造纸匠人将剥好的构树皮浸泡、用石灰水沸煮、用木杵反复敲砸,再泡浆,然后抄纸、晾晒。几乎与印江白皮质的造法无异。构树皮泡在水中,造纸世家的匠人说,必须是活水,这样水才能把树皮里的脏东西扯走。现在想,这真是个奇妙的张望,在大中国的一南一北,在相似的地理地形、自然环境下,匠人们操着不同方言,做着同样悠长而安静的活计。相似的还有造纸匠人们共同的怀想,每年农历的三月十八,天下造纸的人,共同祭奠着他们的祖师爷蔡伦。传说刘河村附近有一小山,名叫晾纸山,一山的纸,一山大雪,听上去,甚是心动。

在印江,我颇喜欢这样的传说,相传明代洪武年间,大约600年前,精通造纸术的蔡伦后代因躲避战乱,为谋求生计从湖南耒阳经江西入贵州,行至印江合水的蔡家坳时,但见这里构树繁茂、河水汤汤,便安家于此,开始造纸,印江的造纸业就这样兴盛起来了。

一张白皮纸就像一块儿空地,空地上该种什么,在印江,显然适宜种茶。梵净山的翠峰,细嫩、饱满、香味高古悠长,茶与白皮纸,气息相投。

而一个书写者,与墨、与白皮纸,也气息贯通,在印江,若在白皮纸上泼洒水墨,便该是梵净山绝顶的那一大派空蒙云雾,若要在上面留字,便该有着清末印江人严寅亮的"颐和园"三个字的雍容劲健。

总想起临走时,印江朋友说的话,回去后,可以用白皮纸包茶,茶是他送的梵净山的绿茶。想来白皮纸包裹茶,茶香不会散佚。但总觉得还有着别样的滋味,就仿佛两样美好古朴的事物,要把它们安静地聚在一起。

罐 罐 茶

还要说到茶。

小时候,家里常年喝的是茉莉花茶。在西北,很多人家都喝茉莉花茶。只要杯中的水显出茶色,人们把喝这样的水就叫喝茶。先前的很多年,我很想见见正开的茉莉花,见见茶园。在我30多岁的时候,我在江南喝到了真正的茉莉花茶。那天,我胸前挂着甜香的小茉莉,杯子里,洁白的茉莉花与碧绿的茶叶起起伏伏。只一口,我便尝到了真正茉莉花茶的滋味,茶香花香缠绕,滋味难以言说。我方知道,鼻息间的香原来和唇齿间的香能达到统一。我也知道了,西北人家茶叶罐里的茉莉花茶,是被百般气味干扰了的陈年老茶。

但陈年老茶也有陈年老茶的好,比如那种老厚粗硬、被压成砖头块儿的茯茶。西北乡下,老汉们偏偏嗜好它,原因之一是它最耐得住煎熬和浸泡,最耗得住时间。乌黑的粗陶罐里,盛满水,放进茯茶,罐罐终日在火炉上突突突开着牡丹花,里面滚烫的茶水被称为罐罐茶。大都在冬天农闲时节,老汉们坐在热炕上,围着火炉,一边谝着闲话。熬出的茶苦到能呛出小孩子的眼泪,但老汉们一口一口,抿得有滋有味。喜鹊喳喳喳喳在大树上叫着,天蓝得像缎子。过一天日子,喝一天罐罐茶,这几乎是乡下老汉们最悠闲的享受。

印江人也喝罐罐茶,心生好奇。

在印江，唇齿间的滋味总是够浓、够足。刚吃了糍粑。糍粑的香糯是那种久久搅缠在唇齿间的香糯，有着南方慵懒缠绵的富足。清凉的风刚好吹在寨子里的廊桥上，坐在廊桥上望过去，水光山色、木楼青石，到处都是画。采茶歌重又响起，火塘上陶罐里的茶煮沸了，捧过来一杯，呷一口，苦香浓烈，沁人心脾。印江人也叫它罐罐茶，也是老人们爱喝的茶。

想必茶叶也是那种老厚的大叶茶，被这茶水苦得一激灵时，才知对当地人而言，味道还不够足。寨子里的老人们如此三番地把熬的茶从罐罐里倒出倒进，直到汤色深黄，茶味苍老苦厚。还说有些老茶瘾喜欢这样熬茶，熬茶时端端不盖壶盖，为的让柴烟火灰落入沸煮的茶汤中，在茶罐口蒙上一层似有无有的盖子，个中滋味更是奇妙。茶熬着，时间过着，到了老年，就这样悠闲着。抬眼看过去，一寨子熟悉的人影，山色云影兀自变着，近前的日子就这样自在安闲着。仿佛是另一种禅意，罐罐里的茶是不需要显山露水的。陆羽在《茶经》里说："啜苦咽甘，茶也。"这样的品位，这样的先苦后甜，大约到了一定的年岁才能深谙的。

（载《中国艺术报》2015年4月8日）

作者简介：

习　习，女，中国作家协会会员。兰州市文联《金城》杂志主编，兰州市作家协会副主席。散文、小说、报告文学见于《人民文学》《十月》《中国作家》《天涯》《青年文学》《散文》《美文》等刊。数百篇散文入选各类选本。著有散文集《浮现》《讲述：她们》《光泽》《表达》《流徙》《胭脂》等。获第三届冰心散文奖、甘肃省黄河文学奖一等奖、新散文论坛年度新散文奖等。

朝圣无言之美

江 飞

> 千秋永在的自然山水高于转瞬即逝的人世豪华，
> 顺应自然胜过人工造作，
> 丘园泉石长久于院落笙歌。
>
> ——李泽厚《美的历程》

总有一些记忆如顽固的石头，伫立在河流中央，虽经时光风化，却依然昂首挺立，宛若凝固的旗帜。逝者如斯的流水，冲刷去躁动不安的沙尘，涤荡去狗苟蝇营的俗物，只留下裸露、皱褶却轮廓分明的质地，仿佛那在云海雾霭里巍然屹立十亿年的蘑菇石，吸风饮露，沐霜浴雪，眺望着梵净山800平方公里内外的山水草木，注视着印江2000平方公里上下连绵不息的生灵和生活。那些有形的或无形的悲歌欢娱，都已被历史镌刻成无比厚重的万卷经书，而我们，只是初谙文字的学童，不远千里，朝圣而来。

众声喧哗，喧哗得让我们听不见自己的心跳，并忘却了沉默的意义。然而，在这些沉默的石头面前，我们似乎只能沉默，只能触摸。这是印江城东郎溪古镇的石头，大块小块的，层层垒叠，从唐武德三年穿越至今，已逾千年;这是形成于明中期的高厢房的石头,灰暗的,土黄的,像土司的脸,静穆而庄严。石头上不知何时生出了厚厚的苔藓,石缝里也不知何时长满了绿色植物,我们沿着石头铺就的台阶一步步走向它们,就像一步步走进静默的历史深处。它们终究比王朝活得长久,比田、任二姓世袭土司活得长久,比千年政权活得长久,也更平实从容,就像那些沉默不语的土家人,听得了白日的喧闹,也享得了夜晚的寂寥,兀自繁衍生息,坚忍生存。"旧时王谢堂前燕,飞入寻常百姓家",土司曾经居住的厢房如今已成为百姓人家,或许只有门楣上那个依旧清晰的"福"字,传递着人们亘古不变的祈望,看不出高低贵贱。大门紧锁,我们无法进入其中,一睹土司的遗物,迎接我们的是一副红底黑字的自撰对联,"喜有良缘今成佳偶,感谢亲友耀我门庭",我们没能见证一对有情人终成眷属的喜庆场面,倒不难想象到土家人"隆情厚谊"的热烈与幸福。走出高厢房,不经意发现,石道旁空地上种下的玉米苗已有半人高了,一排一排的,绿意葱茏。

  依山傍水的土村寨,水果飘香的新农村,这又是历史烟消云散之后的现实生活,是朗溪甘川的魅力所在。甘川,印江县城东部的一个小村落,发源于梵净山的印江河环寨而过,房屋依山就势,道路干净整洁,整个村寨山水相连,路桥相通,小桥、流水、人家浑然一体,构成了乡村旅游的自然景点,也成为梵净山西线旅游线上的必经之地。2009 年,这里成为印江自治县启动实施的新农村建设县级示范点,也是重点打造的旅游商品专业村。首先吸引我的是屹立桥头的"朗溪甘川建桥碑记",上面刻写道:"甘川桥成,惠泽斯民。明洪武始,朗水滔滔,隔断交通。乘盛世之机,顺民意所向。……在各级各部门和亲友的关心支持下,580 余众人均集资 150 元,共 8.7 万元。"无论是土家族,还是苗族等少数民族,"桥"最先构筑在他们彼此的心上,抵挡住汹涌的洪水,更接通了这个原本闭塞的村落与外面世界的联系。在参观之前,我不免疑惑:这个只有 168 户居民的"新农村"究竟新在哪里呢? 硬化的道路是新的,集中改造的房屋是新的,青石板和路灯是新的,文化活动场所是新的,绿化院落是新的,花坛、公厕、垃圾池是新的,更重要的是,一事一议的财政奖补项目是新的,每个居民都成为甘川新农村建设的主体,由此,甘川才得以被打造为集自然景观和人文景观为一体的魅力村寨。我们到来的时节,虽然桃花已谢,柑橘未结,但到处枝繁叶茂的果树(如印江红香柚等),足以让我们想见果实挂满枝头的美景。掩映于果树之间的,是黑瓦铺成的屋顶和高大的白墙,黑白相间,错落有致,与徽派建筑相像,却又不乏因地制宜的木楼结构,倒也别具一格;更有意味的是,在一面面白墙上,手工绘制了一幅幅关于计划生育的宣传画,通俗易懂又妙趣横生。或许是因为亲近自然的缘故,甘川百姓的生育观也崇尚自然,希望子孙后代如果实一样丰盈饱满吧。

　　半山腰上,坐落着这样一户别致的人家。全然的木质建筑,三面环绕,圈出一个不大的庭院,正对面是雕刻着花朵的镂空窗户,两两对称,甚是雅洁美观;窗户上方是硕大的三个黑体字——"清白家",在白色底纹的衬托下赫然醒目。这不由得让我想起齐白石的名画"清白传家图"来。记得那画面上不过是几颗大小、舒卷、深浅不同的寻常白菜,白色的菜帮,青绿色的菜叶,干净、壮实,宛如刚从田地里出土,带着泥土的芳香,更传达着"清清白白做人"的传统文化内涵。想不到会在这里再次与"清白"相遇,不由得我注视良久。走进去,其实不过是平常人家,一对头发花白的老夫妇,带着一个一岁多的小孙子(想必儿女们都在外打工),屋内的摆设也极其简陋,方桌、长凳、扫帚、木盆,等等,随意地散放在正厅一角。最引人注目的是正厅中央同样题写着三个硕大的白底黑字——"関西堂",下方似乎是一个开放式的神龛,条案上供奉着香炉,供奉的是"天地君亲师位",四周写满文字,两侧贴着一副对联,上联云:"奉圣贤而立天地",下联云:"运礼教以敬祖宗":这便是这家人"奉先思孝"的祠堂,虽小而俭朴,却不由得人心生静穆。在祖先面前,我们只有虔诚地静默,膜拜,这不是一种简单的风俗,而是一种已然内化的宗法伦理和道德律令。一侧厢房的门上照例有副对联"松竹梅岁寒三友,桃李杏春风一家"。突然想:(儒家)传统文化之所以深入人心,关键在于它不仅仅是一种思想,更是一种生活方式,它不依赖于高声说教,而是像春风一样潜移默化于印江人的日常生活。回过身去,阳光正好,高悬的"清白"二字似乎更加一清二白了。

　　清清白白的结晶自然要数紫袍玉了。自然和谐的色泽,细腻温润的手感,密度硬度适中的质地,作为世界名石之一、玉中精材,紫袍玉是当之无愧的。我没有在别处见过这样的玉石,也没有见过雕刻得如此精妙的珍品,若游龙,若松山,若端砚,若茶盘,惟妙惟肖,栩栩如生,真正代表了"梵净山民族工艺"。同行的朋友们更是对一件竹筛形状的紫袍玉艺术品爱不释手,纷纷与之合影。我不得不感叹于自然的造化,感叹于巧夺天工的技艺,这些深藏于地下的紫袍玉脉带,历经十亿余年的沉寂,终被匠人们艰难地开采出来,又被民间工艺师赋予安静而华美的表情。"石头从石头上消失",生命在生命里诞生,每一件玉雕都是自然与人文、灵性与灵性的完美融合,都是统摄天时、地利、人和的精美杰作。人养玉,玉养人,这不正是"天人合一"的文化意蕴么?

　　吸收天地灵气的难道只有玉石?每一座山,每一条河,每一棵树,每一朵花,无不享受着天地的滋养,或短命如蜉蝣虫,或长寿如紫薇王。"丝纶阁下文书静,钟鼓楼中刻漏长。独坐黄昏谁是伴?紫薇花对紫薇郎。"(白居易《紫薇花》)善解人意的紫薇和寂寥文静的诗人很容易便达成默契,犹如惺惺相惜的知音一般。紫薇原本只是灌木,枝蔓花艳,适宜观赏,但生长缓慢,其树一般低矮秀丽,而印江永义乡"紫薇园"里却有着这样一棵神奇的紫薇树,它胸径2米,高达34米,冠径15米,从唐开元四年(印江立县时间)至今已在此生长了1380多年,属于第三纪的孑遗物种,可谓植物活化石。这株世界上独一无二的千年紫薇王一年开花三次,花色红白相间,朵大色艳,美丽异常,但种子落地不生,枝条嫁接不活,殊为奇特。一花一世界,一叶一菩提,立于这株黛色苍天、壮美刚健的神树面前,人的纤弱、渺小和短暂是无以复加的。人自以为是万物之灵长,掌握着生杀予夺的强权,却不得不经受生老病死,不得不往树上挂上一匹红布,并拜倒在神树面前,焚香、烧纸,祈祷,尊称一声"干爹"。相较于人们功利性的索取,神树却是无言无私的,面对着连绵起伏的山麓,历经千年风雨,始终默默庇护着人们。绕树一匝,紫薇树上已挂上了无数条红布,供奉的猪头肉也已摆上香案,焚香叩拜之后,享用这道牺牲的不是它,而是生死无常的我们。

不是所有的树人们都景仰膜拜,普通的构树是无法享受紫薇王的礼遇的,迎接它们的不是香火,而是斧头和重生——纸成为它们的另一种生命形态。这自然不是司空见惯的纸,而是"蔡伦纸",质韧,抗氧化,拉力好,吸水性强,不仅用于书画,更用于制雨伞、斗笠、包装、祭祀等。早在明代天启年间,印江合水镇蔡家坳一带就按照蔡伦古法造纸工艺生产白皮纸,直至今日。最先见到的是河边低矮的几处茅草屋,几乎要颓倒坍塌的样子,却是旧时的造纸坊。从构树到纸张,要经历怎样艰辛繁复的历程呢?"造纸不轻松,七十二道工,道道需用功,外加一道口吹风",所谓"七十二道"工指的是选料、蒸煮、浸泡、漂洗、碎料、舂筋、打浆、舀纸、晒纸、收垛、分刀、捆扎、包装等72道生产工序。在低矮的舀纸坊里,一名当地的造纸艺人正在进行着舀浆的工序,只见他用一张特制的"帘子"在槽子里舀纸浆水,完全凭借手感将纸浆摇匀,取出,再小心地平铺在木板上已堆积起的豆腐似的两摞"纸"上。看得出,这是一项极为繁重、重复、单调的体力劳动。而比这更单调的似乎是舂筋。舂筋的茅草棚就三三两两地分布在河边,一架架水车置于水中,转轴的一头连接着木制榔头,水车随着水流不停转动,榔头便一下一下地撞击着已被碎料的树皮,"嗵……嗵……嗵",单调却十分有节奏的声响回荡在正午的阳光和流水里,而舂筋人需要做的只是不紧不慢地转动树皮,让每一处都受力均匀。我们在高处旁观着这道再简单不过的工序,也注视着那个舂筋人的面孔,那是和水车、流水、树皮、茅草、石头、天空一样静谧、安详、耐心的脸庞,仿佛积蕴着成百上千年的心平气和。一扭头,发现同行的一位女作家正撑着伞站在不远处高高的石拱桥上,天空,山峦,草木,拱桥,流水,人家,构成了一幅唯美的江南水墨画。禁不住畅想:假如我是一个画家,我一定要把这个情境画下来,就用这"蔡伦纸"!然而,我又禁不住担忧:茅草屋有一天是否会倒掉?这种古法造纸技艺是否会后继无人?庆幸的是,当愈来愈多的民间工艺消失殆尽,或被改革得面目全非的时候,合水镇却兴建起"贵州合水传统造纸生态博物馆",保护文化遗产,守护传统造纸工艺,我想这种抢救和保护是十分及时而意义深远的,尤其是对于作为"中国书法之乡"的印江来说似乎更是如此。

一张薄薄的纸,却仿佛一座坚实的桥(就像新业乡的兴隆桥),接通历史与现实、艺术和生活,那些寄存在纸张里的时光、汗水和情意,总会在我们的双手或笔尖触摸它的时候悄然浮现,并氤氲开来。闭上眼,我总会想起那个在新业文昌阁下一间报纸糊满墙壁的小屋里写字的老头和他的老伴,想起那个有"福"字木雕的人家门前头发花白的老婆婆和她忠实的狗,他们的沧桑都写在波澜不惊的脸上,像兴隆桥下的流水,像文昌阁上的砖木。"七曲文昌昭日月,两江流水奠波澜",在我看来,白日里的新业文昌阁似乎比夜晚时灯光闪耀的县城文昌阁更接近印江民族的精神底色,素朴、平易、厚重。文风昌盛,中流砥柱,这是一种流传已久的寓意,更是一种文化品质的现代显现。

夜宿石板寨。喧嚣退去,乳白色的雾霭却始终缭绕山间。木质的二层阁楼,金黄、整齐,栖居于山坳之中,又都唤作好听的名字,或"杜鹃",或"映山红",让人想象繁花似锦的时光。夜愈深,雾愈浓重,道路淹没其中,宛若断桥,分辨不清。我走在路上,仿佛走在通往仙境的途中,湿润的空气包裹着我的身体,似乎灵魂也沐浴其间,一切是那么宁静、神秘而恍惚。只有那并不遥远的若隐若现的路灯,朋友们围着篝火舞蹈和呐喊的声音,提醒我这值得留恋的尘世。半路回还,一夜无梦。

我们做梦也不会想到,一群可爱的精灵也会前来欢迎我们这些远道而来的客人。

在通往永义乡团龙村的路上,一群藏青猴(国家二级保护动物)与我们不期而遇了。对于当地人来说,这似乎很平常,然而我们却觉得格外新奇。它们一行十多只,不知从哪里来,也不知要到哪里去,突然就聚集在路边。毛面短尾,动作敏捷,见到我们,并不躲避,反而主动靠近我们的车队。我们以好奇的眼神看着它们,它们也以好奇的眼神看着我们,中间的最短距离不过数米,那情景有趣极了。猴群中,有两只刚出生不久的幼崽,紧紧依偎在雌猴的怀抱里,睁着大大的眼睛,警惕而胆怯地注视着我们,惹人怜惜的模样。另有几只体型粗壮的成年雄猴,则非常顽劣,立起身来,扒在车门上,甚至挂在车后镜上。如此十多分钟,彼此其乐融融,好不开心。而当领队的印江文联王主席招手提醒我们赶路时,猴群突然骚动起来,其中的一只雄猴(或许是它们的领队)以迅雷不及掩耳之势窜到他脚边,狠狠地抓了一把,瞬间他小腿上便留下了几道深深的血痕。这是我们万万没有料到的。是责怪我们没有喂给它们食物,是王主席的手势惊吓了它们,还是诚心要给我们留下"深刻"的记忆?不得而知。这次人兽"亲密接触"的小插曲不由得让我们深思:在人类与动物之间,如何才能够达到真正的和谐呢?

它们很快又退回到云雾缭绕的山林里,隐没不见,而我们也仿佛一直在这山与那山的罅隙间穿行,山路十八弯,却怎么也走不出白云的庇护,青山的荫佑。"雾中有山,山中有林,林中有茶,林茶相间",那些在树枝间腾挪跳跃、呼朋引类的藏青猴们,那些在绿茵茵的茶园里唱起悠扬婉转的采茶调的乡民们,都是这山林的子民,"龙"的传人。龙是"团龙",由灵山深处的圣水溪流在山间盘绕而成;乡是"贵州最美茶乡",茶是献给皇家的"贡茶",自明清至今,香传700余年。虽已过了采摘的时节,却还是能采撷到嫩绿的青芽,置于掌心,仿佛翡翠一般,娇小得可爱。我们在茶场与歌声中前行,虽听不懂他们唱的什么,却不难感受到他们的盛情与自豪。蜿蜒而下的林荫栈道,还有一路相随的涓涓溪流,在山谷和灌木丛中自在游弋,殷勤地把我们引向密林深处的长寿谷。人因谷而长寿,谷因人而得名,与其说人比谷更聪明,不如说谷比人更懂得生命的长度与温度。那是清凉的温度,在飞流直下的瀑布里,在静水流深的碧潭里,珠飞玉溅,澄澈见底,似乎饱含着"澄怀观道"的意味;那是热烈的温度,在日月空明的林间,在清泉流润的石上,光影变换,无始无终,暗自进行着"情往似赠,兴来如答"的对话。都说"树长此谷树长寿,人游此谷人长寿",我不奢望长寿,我只想与古树拥抱,与溪流欢笑。

欢笑如夏日藤蔓,在打年糕的游戏中舒展,更在寨沙侗寨的夜晚里蔓延开来。夜色不知不觉席卷了两层的木质吊脚楼,圆形的广场以及广场上矗立的一座侗寨的标志性建筑——钟鼓楼。灯火装扮的钟鼓楼在夜空里变幻着光泽,或金黄,或幽蓝,散发着耀眼的光芒,远远望去,像一座佛光普照的塔。钟鼓楼的底座是十几根粗木撑起的一块空间,此刻,十来个侗族青年男女们正围着一堆篝火,分坐在两条长凳上,唱起悠扬复调的侗歌,而另一半座位则被南来北往的游客所占据。其中的一个侗族男子,拨弄着一把木制的侗琵琶,带领大家完成一段段多声部的和声。他们反复排演着几首歌曲,完全陶醉于自己的歌声与笑声里,并不理会游人们倾听与否,听懂与否。歌声在变幻的光影里起伏变幻,火焰映照着所有人的面庞,这音乐的仪式,让人心潮澎湃,又让人心安神宁,就像那天在席间听到的高腔山歌一样。我不知道印江傩戏的那些表演者是否在奇怪的面具背后,也能感受到神性与人性的交融?我所知道的,是对那些不可言说之物保持沉默,正如总会有那么一瞬间,心底莫名地就升腾起一种无法言喻的失真感,似迷离的幸福,又似缥缈的自由。

就像那无端的雨,毫无征兆地到来,又毫无征兆地离去。我们在淅淅沥沥的雨声里醒来,而钟鼓楼却仿佛还睡在烟雨里。我没有去看那团灰烬,因为我明白,那个手中没有侗琵琶的男子,一夜之后"已泯然众人矣"。而昨晚的夜色与歌声,却仿佛我曾经做过的许多梦一样,不可复制,也无法忘却。当我坐在索道缆车上,置身于雨后的梵天净土之中时,梦又似云海一般汹涌而来,不可遏止。在云端,即使再"贪婪"的双眼也无法看清全部,远处浮动的云海,若隐若现的山峰,近处高大的树木,林间的石道溪流,让你目不暇接。一转眼,我们就从珙桐、紫薇、冷杉、鹅掌楸等几十种珍稀植物的头顶悄然"飞"过,向金顶又靠近了一步。拾级而上,树干上长满厚厚的青苔,地上早已是落英缤纷,当然也还有未谢的映山红,东一簇西一簇的,牵引我们的视线:它们都是时光的触须,春去秋来,冷暖自知。老金顶上,摇摇欲坠却又岿然不动的蘑菇石,页页分明却又不着一字的万卷经书,不由得你不赞叹大自然的鬼斧神工。我们只能顶着湿漉漉的雾水,在浓重而茫茫的风云中摸索移步;即使当我们胆战心惊地沿着异常险峻的一线峡谷终于爬到新金顶之时,油然而生的也不是胜利者的喜悦,而是"两处茫茫皆不见"的茫然。我没有看到红云瑞气,也不知道天桥左右庙里供奉的释迦佛和弥勒佛是否会有"高处不胜寒"的感叹,我只看见石缝里潜滋暗长的花草,在海拔2336米的山巅摇曳生姿。然而,这经10亿多年历史变迁积淀而成的生态奇观,世界级物种基因库,又怎是我几个小时就能看尽的呢?

  印江,是"洗心"的地方,"净心"的地方,更是"正心"的地方。古木、花草、清溪、怪石、栈道、流云、飞瀑、歌声、食物、空气以及这里的人们,都是清爽真切、自然而然的,容不下任何不干不净的东西。或许只有我们,带着异地的风尘和私心杂念,即使在山水间徜徉,也总会习惯性地翻看手机,挂着QQ,关注着某些与自己有关或无关的世俗琐事。心里总装着太多的看似重要的人事,心上早已落满或多或少的尘埃,心为身累,身为心役,不知不觉自己便给自己套上了沉重的枷锁。有几人能放下心来,喝一杯纯色醇香的罐罐茶?又有几人能弯下腰去,掬起一捧清洌甘甜的山泉,濯洗沉重的肉身和浮躁的心灵?记得那天,我们几个人沿着太平河河岸漫步,感叹于岸边繁盛的古树以及气势恢宏的"佛教文化苑"和"世界第一金佛",我们远远地望了两眼,便从它的脚下走过。不经意瞥见"寨沙吊桥"入口的地方刻写着这样的10个字,"源清则流清,理明则心正"，于是，在那个人来人往的黄昏，在那座晃悠悠的吊桥上，我一边注目着桥下奔流不息的河水，一边咀嚼着这句意味深长的话语，站立良久。

天地有大美而不言。"自然示阔旷于万物，只是想告诉每一个生命，走出自我的狭窄，不必为一人一事一物所拘泥，心无宕动，世界自风烟俱静"，而"在自然的山水里，无论走多远，最后还要回到这群人当中。也就是说，你最终要回到自己的世界里来。远足，是心灵的沐洗，是换一种方式让精神突围，是以自然的视觉，看清人的世界。临溪流以静对，访草木以素心，登高极目知天地之大，置己苍茫知寸身之微。在与山水的相处里，懂得了如何跟自我所在的世界相处"。作家马德说出了我此刻最想说的话，而我似乎已说得太多，那么现在，请允许我静默无言，像印江的山水草木一样自在呼吸，像灵山的朝圣者一样五体投地。

（载《黄河文学》2015 年第 11 期）

作者简介：

江　飞，男，1981 年生，安徽桐城人，安庆师范学院文学院副教授，北京师范大学文学博士，安徽省文学院第三届签约作家。著有散文集《纸上还乡》《何处还乡》。现居安庆。

红色木黄

完班代摆

木黄是印江自治县木黄镇人民政府的所在地。这里群山环拥,良田大坝尽在其中。一条清澈见底的小河穿过大坝的中央,千百年来,孜孜不倦地滋养着两岸的良田和庄稼,同时还惠泽着朴实勤劳的木黄人。正是有了这些良田大坝和山川河流,才使得木黄人一直过着殷实富庶的生活。

当然,这并不是木黄人值得炫耀的唯一资本。除此之外,让木黄人感到骄傲与自豪的,是他们亲自见证了中国革命史上一次最辉煌的壮举,这就是红六军团与红二军团的胜利会师。今天,当我们怀着无比崇敬的心情来到木黄的时候,我们依然能够在木黄的街头巷尾看到当年红军书写的"庆祝六军团与二军团会合"的大幅标语。我们知道,红六军团与红二军团的胜利会师,标志着中国工农红军已经走出了失败的阴影,开始向胜利迈进。具有里程碑的意义。

毫无疑问,红军的到来,让木黄人忘记了暂时的伤痛。同时也因红军的到来才使得木黄开始走进了正史。这时,木黄就像是一辆疲惫的马车,终于停在了避风的驿站。人们尽情享受着红军带来的和平与欢乐。对于饱经战乱的木黄人来说,这样的良好心情已经是好久没有了,所以,他们要把这份快乐发挥到极致,使短暂的生命得以延续,绝不肯错失每一个细节。

木黄人夹道欢迎红军的热烈场面就像电影中的一个精彩镜头,被时间定格在了历史的帷幕上。人们载歌载舞,笑逐颜开。人们拿出仅有的红苕和洋芋款待这些远道而来的客人,或送上一碗水,或递上一袋烟,以表达自己最崇敬的心情。在人们的内心中,是这些风尘仆仆的"江西老表"赶走了覆盖在头上的乌云,赶走了邪恶与伤痛。人们有理由把他们当作值得信赖的自己的队伍。

这是1934年秋天,人们刚刚从秋收的田野上抬起头来,就看见一队人马从太阳落山的方向开了过来。他们步伐整齐,歌声嘹亮,让这片土地上的山川与河流从沉睡中苏醒过来。他们头戴八角帽,身着灰色制服,缠着绑腿,穿布鞋,或者是草鞋。他们在乡间的小路上行走,夕阳的余晖朗照着他们,头上的五角星在余晖中发出耀眼的光芒。

他们终于在夜幕降临的时候停了下来,木黄人简陋而温暖的房屋成了他们最好的去处。面对着一张张陌生又略显疲惫的面孔,木黄人要做的只能是在他们吃饱之后轻轻地为他们拉上铺盖,吹熄油灯,然后关上门,悄无声息地离去,尽可能地不发出一点声响。

夜晚是多么的美好,夜晚又是多么的寂静。就在这份美好与寂静中,几位创造历史的人在集镇东南部五甲村的一棵千年柏树下,开始了久别之后的握手致意。温暖的问候和热烈的欢呼交织在一起,它标志着红二军团和红六军团在木黄的胜利会师。这样的会师对于疲于奔命的红军无疑是意义重大,它几乎可以称得上是红军命运的一个转折。两股力量互相交织与融合,就像两根绳子被拧在了一起,使两个遍体鳞伤的军团汇成了一个战斗的整体,一股强大的战略突击力量就此形成,为日后共同开创湘鄂川黔革命根据地打下了坚实的基础。

1934年6月,贺龙、关向应和夏曦等同志领导的中国工农红军第三军团来到黔东,建立了黔东特区革命根据地。作为黔东特区的一部分,印江县的几个乡都先后成立了苏维埃政府和游击队。苏维埃政府积极组织群众打土豪分田地,进行土地革命战争。游击队还主动配合红军作战,补充红军兵员,打击敌人,很好地保卫了苏维埃政权,为红军提供了积极的后方支援。

就在红二军团于黔东轰轰烈烈地展开斗争的时候,由任弼时、萧克和王震率领的红六军团在石阡的甘溪遭遇了桂军廖磊主力部队的阻击。红六军团仓促应战,损失惨重。这一不利的消息以最快的速度传到了红二军团的指挥部。时任总指挥的贺龙决定救红六军团于困境,于是构想了两军团木黄的会师。

这一天终于以不可阻挡的方式到来了,这一天注定会写入中国革命的史册。这是1934年10月24日的下午,红二、六军团的会师庆祝大会如期在木黄举行。会场上人山人海,标语迎风飘扬。在由数十张方桌摆成的主席台上,一位眼睛细眯,留着浓黑八字胡的军官滔滔不绝,并时不时激情昂扬地挥舞起拳头,他似乎想砸烂什么,他决心要把那个罪恶的世界砸得粉碎。木黄没有人知道他是谁。木黄人只是怀着激动的心情远远地仰望着他,就像仰望着传说中的神仙。木黄人希望这位神仙给他们带来幸福安宁的生活。

木黄人知道这位神仙就是赫赫有名的贺龙是后来的事情。但是,不管怎样,木黄人怀着无上的光荣见证了这一伟大的历史时刻,并且和广大的红军官兵分享了这份胜利的喜悦。几十年之后,那些目睹过这一历史盛况的老人在回想起当时的情景时,依然激动不已。

红二、六军团在木黄的胜利会师,使偏远落后的木黄在一夜之间成了世界关注的中心。木黄也由此开始走上中国历史的红色舞台,为一个新的世纪的到来而摇旗呐喊。"红军是穷人的军队""中国红军保护工农群众""打倒国民党""红军为穷人得到土地、粮食、太平而战"。嘹亮的口号此起彼伏。人们禁不住内心的喜悦,还编了这样的花灯调:"十月里来枫叶红,萧克前来会贺龙,两军木黄大会师,人强马壮好英雄。"这是发自木黄人内心的声音。它宣告了一个时代的结束,同时也宣告了一个新时代的诞生。所以,木黄人有许多理由骄傲而自豪地将那棵千年柏树改称为"会师柏"。

"会师柏"见证了历史,见证了那段光辉的岁月。"会师柏"和中国革命风雨同舟。

作者简介：

完班代摆,本名龙志敏,苗族,中国作家协会会员。著有散文集《松桃舞步》《牵着鸟的手》、文集《错误的暖色》、长篇报告文学《新城记》,编著《松桃印象》。有多篇作品入选各种选本。散文集《松桃舞步》获第九届全国民族文学创作"骏马奖"、第四届贵州省政府文艺奖荣誉奖。散文《松桃地理》获首届中国西部散文奖。

印江城的老时光

陈丹玲

仰　望

总有祥云和烟霞萦绕着,肃穆和宁静从文昌阁那里满溢出来,四处的日子仿佛更明朗和洁净了。印江人都喜欢这样的浸染和滋养。

面对文昌阁,那是一种情不自禁的仰头,遥想。

道光十六年的春天早早地来了,饱含生机和力量,柏树头顶的新意要覆盖过往的冷寂和凌乱,态度毅然坚决。在通向文昌阁的田亩间,一条大辫子晃过水影,踩在去年委顿的蔓草上,四方步沉稳而凝重。走过一段土路,他的双手反扣在了背后,心事重重。这个人叫郑士范,印江知县。体察民情,了却民愿,黄昏后,郑士范走出衙门,想到文昌阁走走。阁顶坍塌,檩角朽烂,筒瓦掉落……寥落清寂的景象背后,该是怎样的来路和历史?触摸着阁体,作为陕西来的外地人,郑士范阅读着这座古阁的沧桑——古阁始建于明嘉靖十年,起初为五层楼阁,取名"澄清楼";嘉靖三十九年,改建为九层阁,叫"梓潼阁",在时光与世事的合谋侵蚀中,逐渐破败废旧;明崇祯二年,知县史涑进行了重建,始名"文昌阁"。又在一场场战火烽烟中,古阁渐渐损毁。

古老建筑,如果每一寸每一处都用心别致,精雕细琢,蕴含独到,这份雅致和美好在时间的低俯和目光的仰望中,会深植于人心,并一直扩展和生长。当年,知县郑士范毅然重建文昌阁,修复和弥补都显得敬仰万分,他不想再次更替阁名,偏偏又让阁的高度停留在33.3米。历时三年,文昌阁重现。后人计算,文昌阁的高度刚好合99.9尺——"百尺竿头,更进一步"的寓意呈现着古人的拿捏和审美。停步是因为有更强的自信,前进是因为有更好的心态。

驻足,仰头,青山外,白云飞逸。文昌阁坐落在印江民族中学校内,与创办于明万历二十四年的依仁书院相对而望,相依而立。"鸿路高寒从此升云齐拾级,龙门峻极须知平地有层梯",横批"江城砥柱",这确实是一种暗生的力量和鼓舞,每每仰头诵读,令人内有风声。几经沧桑,文昌阁下的民族中学内,学子源源,目光崇敬,正暗合着原初的意愿。7层阁体,挑檐高扬,八角挂铃,朱门洞窗,加上"翠连北斗""曙霞""夕照""起凤""腾跤""连云""流丹""文光""射斗",这些清代著名书法家魏祖镛的墨宝,宏伟中尽显着雅致和精美。

以文昌阁为中心,南面有泮桥,北面有依仁书院,习习清风吹拂着来自《诗经》的远古意味和别致雅韵。沿了河岸,又排列延伸开书法长廊,石刻的墨迹经风历雨,走过,总感觉内心有东西沉淀下来。还有紧贴民居的惜字塔,传递着民间"惜字如金"的崇文传统。在印江,这些山水风物、古人旧事,凝结了一丝一缕的灵气,聚合成强大的文脉磁场,释放出印江人精致、洁净、宏阔、高远、优雅的内在审美和外在风貌。在这样的磁场中心,历史深处的声音总在感召——到清朝,印江书法鼎盛,可谓群星璀璨,有受明神宗封赐的"西台四杰"之一肖重望,有受成亲王御赏的王道行,有慈禧太后赐给"宸赏"印章的严寅亮等等。

今天,校园内的各类建筑在努力地摆脱旧时光。瓷质的墙体,莹亮的琉璃,转折的梯步,直白的走廊,不论处于装饰的角色,还是对于功能的实在承担,喧哗与鲜亮中,无法避免被看一眼就看穿的浅白和单薄。

在时光中,文昌阁是明亮的。在意念里,文昌阁是含蓄的。在时代中,文昌阁又是默然的。

亦如一枚印章吧,文昌阁深深烙刻在印江山水画幅中,笔墨之间的雅人深致,如来自岁月深处的回响,低喃着静逸的生活。

叩　　拜

推开深重闭合的木门,缕缕青蓝的天光铺洒在石级上。木格子窗映着石缝里的一撮青苔,灰白高墙夹挤出深长的回廊,在幽谧的光影里,两枚大红的灯笼显目又孤寂。大圆柱,朱红转暗红。石台阶,青灰里泛着素白。桥廊上的石刻雕花,仿佛在某一刻的情绪里还能活过来。这些物影和色泽,在这座清光绪年间的封闭式建筑里,长年累月地婉转、回旋,共同酿制出严氏宗祠的肃穆、空阔和静谧。

举着相机旋转,严氏宗祠里每一处的剪影都特别素洁和淡然。

那些年,一年一度的敬祖祭祀仪式在严氏宗祠举行。香烛摇晃、纸钱焚烧、青烟引路中,列祖列宗似乎早已端坐于台上。慈眉善目,轻启双唇,仿佛很多赐封(祝福)呀、提醒呀、叮嘱呀,默默浇灌着后代人的虔诚叩拜。不敢晃头、不敢抬眼、不敢说话,只听得自己的心跳,因了血脉同源而鼓动出整齐的音律。偌大一个宗祠在齐整的心律中,再一次静穆凝重。当然,也还有一些活泼松散的时光——搭台唱戏。丝绸红扇,傩戏幻影,花灯小调,咒语神符,七天七夜的上演、喧闹、尽情,宗祠又是激荡兴奋的。

家族的根脉繁衍、枝叶扩散是族群的使命和神职。除了严氏宗祠,在印江县城还有茶园坝的戴氏宗祠、中寨口的柳氏宗祠。戴氏宗祠是戴姓族人为纪念"镇南将军"戴天佑而修建。柳氏宗祠是柳姓族人为纪念明洪武二年入黔的柳氏始祖柳毅忠将军而修建。承载着家族的荣耀和光辉,历经数百年沧桑,这些古旧建筑在时光的盘剥下,它们变得黯然,却更加静默。依然不倾不斜,是对时间的无声反抗,也是对繁华的从容拒绝。这样也好,各个姓氏、族群立足于天地间,不远不近的距离形成了恰到好处的对望、对峙和对比,丰富和书写着世世代代的悲欢情肠。岁月在这里变得丰腴和饱满。

　　路上的祖先越走越远,日子里的人们始终有着敬畏之心。见圣山叩拜,见神木叩拜,见历史叩拜,见河流叩拜,几乎从唐代佛教传入梵净山以来,这绵延千年的良善崇仰似乎从来就没中断过。在宽博温厚的母系崇敬里,寻访县城南面的"睡美人"山（县志上称大圣墩）,依稀可见始建于宋代的铁瓦寺、西岩寺。香火旺盛,木鱼回响,晨昏里钟鼓声叠荡……残砖和断瓦始终执着,不撤离,不退却,在绿草壁缝中若隐若现。修持的意味那么浓厚。

　　翻阅《印江县志》,有金事罗昕诗云:"直攀云雾折山腰,晓雨初晴瘴未消。北岸人呼南岸渡,前溪水没后溪桥。木滕有子如闽榄,山果无名类越椒。却使奔驰成底事,换将云鬓作霜条。"刚好,这样的诗句暗合了大圣墩的传说。听老人们讲,山上住着一个忠厚勤劳的小伙,叫圣墩。白云后面住着一个小仙,叫翠姑。人仙相爱,倒不是轻视天规,总比人妖配要上点台阶吧？不管怎样,天庭还是觉得很没面子,总是门不当户不对吧。结果上天发怒,圣墩惨死,翠姑悲痛而绝,倒地仰面问天,化成山峰。传说中的故事大多不离俗套。云鬓似霜条,几多奔波成烟云,纵使人世多遗憾,大圣墩上的"睡美人"已成眠千年,一段情爱佳话却在人们嘴边醒着。也能再过几千年吧！忠贞、不屈、飞扬这些词语,似乎注定了要在撕裂碰撞中才得以升华和凝练。

　　大圣墩的对面就是玉泉山,山里有观音沟,观音沟里是玉泉寺,修建于清道光年间。每年农历二月十九、六月十九、九月十九,观音沟沸腾着——香客云集,密密匝匝的朝山队伍,显目地嵌在墨绿的斜坡上,绵长如线。敲锣打鼓,挑抬祭品,长号响彻了山谷,不同来路的几条细线向着观音沟,向着良善,聚拢汇合。当然要三礼九叩,当然要抽签问卦,更当然要挂红许愿。拜一拜吧,这人呀,就干净了！攀登一次,叩拜一次,怀念一次，岁月便不能稀释被这方山水所生养的记忆——感恩、纯粹、和善、勇敢——也成就了这方人士的灵性清奇，内里傲骨。

销　蚀

　　正好，时间如细碎晶亮的盐粒，内里的锋利不容迟疑，它们渐渐吸干记忆里的鲜活，剔除了多余的赘饰，让巷子深处的许家盐号风骨毕现。

　　许家盐号是县城现存的唯一老字号建筑。许家老房子和涂家老房子合并，加以修饰建造，改头换面——方格花窗，店铺柜台，高扬的马头墙，穿斗式堂屋，这些意志修改着涂家老房子的衰败和羞涩。商场的规则在生活里继续，这样的气势注定着结局。"磬台镶绿宇，铜笔想红岩"一副行书对联深刻于墙端石柱上，这就是那个商场男人许织夫的理想和志趣，一直高扬在他清末民初的时光。重庆、永兴的货到了，盐号的黎明有着明显的晃动和急切，杂沓的脚步踩碎沉实的睡眠——下货了。货物包子，冰冷坚硬还带着海水、江水的潮湿，砸在温热的肩膀上时，男人们的膝盖还是多少颤了一下，尽管长年的苦活累活磨砺出强壮体魄。幸好许掌柜人善体恤，在年节时候，赠送一些居家所需的小物品或者一斤盐巴。待人接物、言辞答谢间，这苦咸的日子自然是掺进了一些别的滋味。

　　整个巷子的味道在日常生活里持久渗透。除了许家盐号，一顺儿排开，又一顺儿对望和攀比的还有周家盐号、陈家盐号、杨家盐号、吴家盐号。少得了心思，少不了日子，五天一场的集市，这条巷子拥挤到异常。卖了几只鸭蛋换盐巴。卖了几叶旱烟草换盐巴。甚至卖了一头秀发也是换盐巴……汗味、钱味、盐味、情味，老人、妇女、男人的日子最终都回归到这巷子里烹炒，浓咸，淋漓，却又隐隐地艰涩。好在盐巷口总有一团团蓬松的棉花糖盛开着，唯独孩子的眼里心里是满满的甜。

　　离开繁华的盐巷，日常生活的浓烈气息最终聚集到一个个被称为桶子屋的院落里。围墙、龙门、厢房、天井，空间布局拓展出陈家桶子、戴家桶子、龚家桶子，这些时间的盛放器，有了砖木石的咬合镶嵌，释放出长久的私密意味,不容侵犯。在许多的平常进出闭合中,关于家的念想被慢慢烹制到浓郁、甜香。抬头望了,茶园坝的戴家桶子,至今还刻印着清朝道光年间的心思——鹤颈椽、鹤颈板,挑檐下装有雀替,木雕上一丝不苟的卷草图案——处处精到,件件雅致,揉进了对生活、人生满满的信念和祈福。木格子窗半开着,正对着屋里的老式木桌,柜台暗哑,旧画斑驳,泛黄的时间在事物的褶皱里潜伏,在事物与事物之间的关系里深埋,一切洁净,时光洁净。桌上,尚未喝完的茶水色泽青绿,习气散淡,那只碗里装进了这个午后前半截的遐想与后半截的猜想。一台电视开着,画面固定在戏曲频道。咿呀声声,声声空洞,水袖怅怅,场场一梦。屋里的主人呢,去哪里了?

洗尽铅华呈素姿。轻悄悄地走上一圈,能分明感知一种耐心、温性、闲慢的姿态在这些四合院里俯仰、衬托。

清　浊

岁月随了流水,印江河面便打上了皱纹。在这座县城,似乎少了流水,便载不动时间。于是说,明朝万历二十七年,有鸿儒主持修建穿城大堰。在拥挤繁复的生活里,为人们梳理一份清爽洁净。在沉重厚实的居住处,开掘出心上的安乐和空灵。

工程几多浩大。从县城东郊狮子尾巴下的皂角塘,沿北岸太阳山麓经长石板、穿东门城墙顺墙西下,经挑水巷,到上河街口一分为二。主堰穿入城墙经过正街进入打铜巷,西折经民居巷转到新街,于西门湾穿城墙而出,再向南于原缝纫社处西转至县委门口,顺公路至中寨口,绕甲山片区良田至甲山桥头汇入小河注入印江河,全长2200米。千回百转,荡气回肠。终于,水流摒弃了肆意妄为、乖张暴戾的禀性,变得温顺良善,恬静慈悲中承载着人们的晨昏与悲欢。

在《清道光思南府续志》里,找到了那名鸿儒陈友儒。说是生于明嘉靖二十五年甲辰,印江县城甲山人。明万历初拔贡,在河南潢水做官。

万历二十七年(1599)告老还乡。印江河水泛滥成灾,他经常把积存的粮食用来赈荒,后来干脆主持修建大堰治水。活,既苦又累,为了赶节气和工期,陈友儒打了糍粑分发给民工,算是奖励。"粑粑堰"在民间被传得真实,依旧还冒着特有的香气一般。

传说,柔化了大堰的沧桑,带着接了地气的暖意。那些年,爱干净的新媳妇打开房门就能提了清水洗刷地面。清晨,老婆婆已经老得不能给水面带来一丝惊动,推醒睡梦中的孙子,赶紧去堰沟上游打水,把院里的缸装满了你再去上学啊。亲近水色,一生为伴,眸子里自然多了滋养,多了纯净。

说过了,岁月随了流水,最终只能拖曳出一些痕迹和一点念想。如那些混乱的情绪,穿城大堰在浩荡的时代冲击下,淤堵着很多来不及弄不明白的更替。污泥填塞,水流已经载不动岁月。每每见到那些污秽、垃圾、淤泥,像整个旧城区翻开来的肠胃。呕吐感强烈,感觉这大堰它也该是疼痛的,沉默的。

即便如此,宽阔的印江河,依旧早早夜夜流淌,慰藉着两岸人心。

(载《贵州作家》2015年第2辑)

作者简介:

陈丹玲,1982年生,土家族。贵州省作家协会会员。作品见之于《民族文学》《山花》《天涯》《四川文学》《边疆文学》《海燕·都市美文》《岁月》《贵州作家》《西部散文家》《西部散文选刊》《读者·乡土》等国内文学期刊;入选《纪念建党九十周年贵州作家作品精选》《2009年中国精短美文100篇》《2011年中国精短美文100篇》《中国西部散文年选》等多种选本;出版散文集《露水的表情》。

穿过白皮纸的河

安元奎

河岸,三三两两的草棚年深月久,仿佛某个遥远的古代遗迹;湿漉漉的水车爬满苔藓,吱吱呀呀地转。水边,身材结实的中年汉子,手拿一张褐色大饼,在水碓下反反复复捶打;脸色红扑扑的村姑挽起裤腿,反复淘洗着一堆树皮。这是古法造纸的现场。那些忙碌的身影中有人姓蔡,自称蔡伦后裔。

两条小溪潺潺而来,合二为一。随物赋形,地名合水。水从梵净山里来,方圆几百里的绿,水便极清、极净、极透明,要是没有两岸风物的衬托,几近于无。溪谷的坝子、依山的人家,都守着这长长的一脉,日出而作。

梵净山中有种极特别的构树,春天里会开一种细绒绒的小花,接着结出水灵灵的红色浆果,像草莓的小弟弟,可惜人不能食用。但构树自有其魅力。枝干表面呈褐色,内皮却雪白,质地柔软坚韧,轻易不会折断,是天赐山民的皮绳。但祸福相生,被剥皮就成了构树宿命的厄运。好在它年年春风吹又生,百折不悔,一定程度上消泯了我们内心的负罪感。小时候,我们常常把水灵灵的构树砍下,剥皮抽筋。从根到梢,那白生生的树皮完完整整连在一起,新鲜、滑腻而柔美。用木棍拴上新鲜的树皮,就可以抽打木头削成的陀螺了。构皮富于韧劲和弹性,打在陀螺上还有那么一点小小的粘连,感觉很惬意。模拟打仗的时候,就把构皮拴在腰间,作为交战双方统一的军用皮带,拴上后倒也确有一种精气神。家贫的小孩则将其军用转民用,作为裤子的皮带,结实耐用。几天后构皮会变干变硬,可重换新的,山中的新皮带源源不断,取之不尽。剩下的构皮,就一把把挽起晒干,赶场天拿到供销社收购站去出售,几角钱一斤。当然,上面所述都是小儿科,构皮更大的用途是造纸,很早就听说了。

蔡伦是造纸术的发明者,这已成为历史的定论。但如果再作进一步探究,或许将其视为造纸术的集大成者更为准确。因为东汉以前民间已有少量的纸张制作,采用的造纸原料是丝絮和麻纤维等,因此蔡伦未必是最早的实验者,但却是他广泛吸收民间智慧,尝试使用树皮、麻头、破布、渔网等多种原料,最终总结出系统的造纸法,造出了植物纤维纸,或者是第一个将造纸法正式推广。在他所尝试的造纸原料中,或许就有构皮。

元末明初的改朝换代,烽烟四起。一支四处漂泊的蔡氏族人从江西辗转来到僻远的梵净山麓,漫山遍野的构树粘住了他们的目光,拴住了他们的乡愁。迁徙的脚步从此扎根,两溪交汇的溪谷从此有了一个炊烟袅袅的新寨子——蔡家坳。数百年间,这支身怀绝技的蔡氏族人,在漫长岁月中长成了山中的另一种构树。直到如今,家家户户的堂屋依然供奉着蔡伦祖师像。冥冥中的蔡伦一直坐镇合水,俯瞰着他的造纸术带来的绵绵福荫。把自己的发明传授给家族中人,自在情理之中。但蔡伦是个宦官,理论上失去了生育的可能。因此蔡家坳的蔡姓人家或许来自蔡伦的故乡,但未必就是蔡伦的后裔。说是其族人,或更可信。

当一捆捆白皮纸被他们魔术般变幻出来,兑换成白花花的真金白银,周围十里八乡的眼睛都睁大了。纸,终于包不住火,包不住创业致富的秘密。蔡氏族人的独家专利渐渐流播开去,成为公开的秘密,帅姓、卢姓、徐姓等人家先后加入其中。

造纸时节，男女老幼各司其职，忙碌于溪流两岸，日夜旋转的水车溅起一圈圈水花，一声声富于节奏的水碓把合水人家的日子夯筑得格外殷实。据说最兴旺的年代，这里的白皮纸远销湖广甚至东南亚，上上下下的河岸布满300多家作坊，草棚密布，水车林立，那是怎样一种令人神往的景象？

十年前第一次到合水，但见坝子平旷，周边山深林密，宽宽的河滩上，水流清浅，溪水中散布着大大小小的鹅卵石，有的没于水中，有的半露于水面。其中有不少青石，色泽幽青，光滑圆润，像些史前动物的巨蛋。因为没有奇石收藏者涉足，也就保持着一份原始与天然。河岸人家聚居成寨，或疏或密的炊烟，点缀在山水之间。最醒目的是临水河畔那些草屋和水车。风吹日晒，草屋的顶部已经泛白；河边溪流湍急处，醒目的水车旋转着，像个不息的歌者。但传说中的数百家造纸作坊，仅剩二三十家了。

白皮纸选用的构皮，我以为或是所有造纸原料中最绿色最上乘的一种原料，来自山中，无一丝可疑的杂质与污染，有着纯净的出身与质地，华美的外表与优雅的内蕴。但这份优雅，却来自烦琐、艰辛的劳作。从构皮到白纸，是一段炼狱般的重生旅程。

构皮、石灰与松膏，组成了白皮纸的三种基本元素。石灰是为了构皮纤维的分解，松膏则令其重新聚合。工序是循序渐进的，民谚说："七十二道工，外加口吹风。"首先选取晒干的构皮，浸泡蒸煮，反复漂洗使其变软。然后将其放入水碓舂筋，令皮筋中的纤维变碎，再加入滑水打浆。自此，水缸里的构皮已经碎片化、纤维化，曾经坚韧密实的构皮被揉碎，变成了一丝丝若有若无的细小纤维或浮游生物，在水里浮浮沉沉，似乎等待某种使命的降临。

终于，一双大手的影子投映到水缸的水面上。一张丝网斜斜地插入水中，又平平地捞起。舀纸，造纸中最为关键的步骤。片刻间，丝网下水珠淋漓；丝网上，一层若有若无的薄膜悄然沉积。千锤百炼又千淘万洗后，一张白皮纸终于现出雏形。淡雅的洁白中蕴含着些许黄晕，如绸如缎。山野的构皮，自此完成了从自然向人文的嬗变，浴水重生。一摞摞刚刚成型的白皮纸累叠着，像无字的经卷。一片地域的文明新篇，从此开启。

一条河穿过白皮纸，流向远方。

自合水而下，溪谷的坝子更开阔，人烟也更稠密，但河却换了名号，变成印江了。印江古称邛江，唐初便有"思邛"县，到明弘治七年才改称"印江"。邛字有些生僻，据说是皇帝批阅奏章时，把"邛"字误读为"印"。但天子一言驷马难追，皇帝是不能错的，错的只能是地方，从此邛江变印江了。弘治是明朝第九个皇帝明孝宗朱祐樘的年号，如果真有此事，那个读错字的皇帝有可能是明孝宗。不过这种传言仅仅局限于印江民间，不见于地方府志。根据几十年人生经验，大凡未经钦定的传言都被界定为谣言，印江的来源是否如此呢？

传言为虚，但印江的人文却因为白皮纸而实实在在厚重起来了。方圆百里的儿歌唱道："塘头斗笠印江伞，思南姑娘大脚板。"唱的是本地风情与特产。其中的斗笠与伞里，我们都隐隐看见了白皮纸的影子。斗笠有两种，一种遮阳，一种避雨。避雨的斗笠里，两层网状的竹丝架中间夹一层厚厚的白纸，那正是白皮纸。喷上一层古铜色桐油后，白皮纸便增添十倍的韧性，风雨无损。戴于头顶方便实用，还可腾出手来砍柴耕田，故而乡里的农家，人人有备。

除了实用的斗笠，心灵手巧的印江人还有更为高级的手艺——制作油纸伞。这是比斗笠更复杂、更精致的工艺。匠人们总结说："工序七十二道半，搬进搬出不消算。"经过一番选竹刨青，劈条削骨后，一副伞架便制作成型，接着是裱伞。如同一出戏的当然主角，在前述一番必要的铺叙之后，白皮纸才隆重登场，被郑重地糊上伞架。其后，绘上五彩缤纷的花鸟人物。那白皮纸上的彩画境由心生，平添许多美丽。最后喷抹桐油,白皮纸与桐油的缠缠绵绵,使一把纸伞获得新生,坚韧如某些爱情。据说油纸伞是世上最早的雨伞。的确,在布伞问世前,油纸伞一直支撑着山地的雨天。

但油纸伞承载的不仅是风雨,还有更多的文化。与斗笠不同,油纸伞天生带点文人气质。戴望舒就曾撑着一把油纸伞,在江南的雨巷里彷徨。而印江民间的油纸伞,有着迥异于诗人的意象。曾经的数百年间,方圆百里迎娶新娘时,必用油纸伞。不独因为其美观大方,晴雨相宜,更多源于民间文化中的象征与隐喻。伞骨为竹,竹报平安;伞形为圆,寓意美满团圆以及消灾辟邪、平安吉祥。"油纸"与"有子"谐音,繁体的"伞"字上下藏着5个人字,象征多子多福。这显然已经远远超越实用的范畴了。

漫步印江乡间,你会发现家家户户的门柱上总少不了对联,或为迎春,或为红白之事所撰。那毛笔字往往可圈可点,甚至不时可见一些书法佳作。寻常农家,也是书香弥漫,让人惊讶高手在民间。字是敲门砖,这是印江的一种民间共识;以书家为尊,是这里的一种乡风民俗。不论大户人家,还是樵夫野老,多是书法爱好者。在某些场合,有人一身泥腿粗衣,其貌不扬,一旦握笔挥毫,往往令人瞠目。他们身怀绝艺,隐于乡里。这样的文化氛围,自然催生了不少书法大家。他们走出了乡野,进入大雅之堂。

明朝时期,先后有两位印江士子金榜题名,脱颖而出,他们是周冕与肖重望。史称周冕以经史著名,尤擅书法;肖重望笔力遒劲,纵横奔放。到了清朝,印江更是名家辈出,如王道行、周以湘、潘登云、严寅亮、鄢师竹等。王道行精于书法,自成一体;周以湘娟秀潇洒,势若飞鸿;鄢师竹诗书画三绝;潘登云圆润潇洒,尤擅钟鼎。名气最大的,则是从未金榜题名的严寅亮,以题写雍容饱满的"颐和园"三字而天下皆知。在黄果树瀑布,他还留下了"白水如棉,不用弓弹花自散;红霞似锦,何须梭织天生成"等名联。其"黔山第一"的书法匾额以及《剩庵墨试》,都令今人心向往之。我曾有幸欣赏到严寅亮的一副楹联真迹,内容是"诗才岛佛专工瘦,书格坡仙未碍肥",还盖有慈禧所赐的印章。几十年过去,字迹依然清晰,所有的人文信息保存完好。但因为藏家在"文革"破四旧时东躲西藏,保管艰难,故而纸张略显黄黑,边缘有点破损,但质地坚韧厚重,显然是合水的白皮纸。一瞬间,我突然对其生出敬意。

严寅亮虽然名满天下,但在其故乡,有的同时代书家仅仅赞赏其"勇气"而不言其他,似乎弦外有音,显然并非所有人都服气,由此足见印江书法底蕴的深厚。的确,清代的印江书法人才济济,野有遗贤。他们不见于外界经传,其书艺依然精湛,这是一串长长的名字:魏祖镛、唐钟英、周西铭、张伯谦……如果你去乡间寻幽览胜,驻足那些曾经的庙宇楹联,墓碑石刻,或能与他们不期而遇。作为印江人文的象征,高高的文昌阁上,好几层窗额、楹联的书写者就是本地书家魏祖镛;另一人则在民间留下口碑:"写字要算唐钟英。"到了民国时期,又有魏幼安、徐儒质、王孔滋、魏经略、白遂之、戴传忠等近代书法名家潮水般涌现,不胜枚举,书法之乡蜚声遐迩。

秉承千载文脉,现当代印江书家则有魏宇平、王峙苍、杨昌刚、汪定强等。其中,王峙苍擅长行书,行笔雅劲秀逸。他是王道行的第六代孙,其高、曾、祖父都是书法名流。老先生89岁时,携其年轻20余岁的夫人到思南做客,我与先生有过一面之缘,并获赠所书楹联一副。老先生完全一副寿星模样,气色红润,须发雪白,让我真切地感受到什么叫鹤发童颜、仙风道骨以及超凡脱俗之类。特别是那明亮的双眸,如梵净的山泉般清澈。好奇的是,他写字所用的毛笔有些特殊,在笔管前端的笔毫中间又捆扎了一次,不知是否为了不让过多的笔毫散开?

白皮纸,造就了一个书法之乡。薄薄的白皮纸,承载着厚重的地域历史与人文。它不独为本地人雅俗共赏,还曾吸引过一些大家的目光。有关资料记载,清末的梁启超就曾委托严寅亮到合水定做白皮纸,并设计了一个自己喜欢的尺寸;民国时期,徐悲鸿旅居川黔时期创作的国画名作中也使用过它,并对其吸水吸墨等特性十分赞赏;到了20世纪60年代,人们还欣赏过李苦禅在合水白皮纸上所绘的《卧鹭图》。

据说人不能跨过同一条河流,十年后第二次走进合水时,确实也是此水非彼水了。河床还在,但水中的鹅卵石多已不见,两岸多了道粗糙的防洪堤坝,像马虎的外科手术留下的刺眼疤痕,一条河就这样被篡改了。忽然想起梭罗在《瓦尔登湖》里说过的一句话:喜欢石头待在它原来的地方。

河边,还有一架水车在孤独地转,据说是为了来宾参观而特意安排的演示。问其缘由,回答说造纸工序繁多,费时费力,早已无法维持生计,多数人家只好转行,或者杀广打工去了。空荡荡的河岸,多数造纸作坊呈现化石般的沉寂。但蔡家坳的河岸,一座全新的仿古建筑却逆势而起,在旧草棚的映衬下显得金碧辉煌,介绍说那是在建的古法造纸露天博物馆。它的出现如同古法造纸的一则命运寓言,以化石的形式存在于兹,收藏一段永远的记忆。那里,将是这些最后的作坊和水车,最后的归宿,最后的走向。

逝者如斯,穿过白皮纸的河已经流向远方,但印江四诗人依然在寻寻觅觅。末未、任敬伟、非飞马、朵孩,不再彳亍于雨巷,也淡忘了那些古典忧伤的眼神,而是面向广袤的山野和天空,在故乡寻找后现代的诗情。散文才女陈丹玲,从乡间油菜花海的田埂上走来,带着漫山遍野橘子花的淡淡药香,不再撑那过去时的油纸伞,亭亭玉立,让戴望舒隔着江南的烟雨,惆怅,又太息。

白皮纸铺展的原野上,徐悲鸿的奔马自远而近。飞扬的马鬃,掠过梵净山风;嗒嗒的马蹄,溅起印江河的浪花,雪一样白,在视野里漫开,比诗意更诗意。

(载《梵净山》2016年第1期)

作者简介：

安元奎，男，1963年生，土家族。贵州省作协主席团成员、铜仁市作协主席、铜仁幼儿师范高等专科学校教授。著有散文集《行吟乌江》《远山的歌谣》《河水煮河鱼》等，先后获贵州省首届"乌江文学奖"、第二届中国西部散文奖、贵州省专业文艺奖，作品入选《新时期中国少数民族文学作品选》《中国西部散文精选》等选本。